加速世界
Accel World
15 結束與開始
川原 礫
插畫 / HIMA
Kadokawa Fantastic Novels

「該做什麼事，
非得由你自己
決定不可。」
梅丹佐
遭「加速研究社」馴服的「大天使」。
被Silver Crow解放，
賜予他「翅膀」。
妳在哪裡！」
春雪
國中校內地位金字塔最底端的少年。
是黑雪公主所率領的新生「黑暗星雲」團員，
對戰虛擬角色是「Silver Crow」。

仁子
紅之團「日珥」軍團長。
「梅丹佐之戰」剛結束，
就遭Black Vise擄走。
對戰虛擬角色是
「Scarlet Rain」。
「…………」
「今天我們就要請第二代紅之王從加速世界退場。」
Black Vise
在「加速世界」暗中活躍的
「加速研究社」副社長，
來歷不明。
「……Rain！」

Blood Leopard
紅之團「日珥」的副團長，
「三獸士」之一。
對仁子宣誓效忠。
「我絕對、絕對要保護她。」

「妳很纏人耶！
我看妳不是貓科，是犬科的吧！」
Argon Array
「加速研究社」成員。
外號「四眼分析者(Quad Eyes Analyst)」，
特色是講關西腔的女性型虛擬角色。

「……難道說，那就是……」
「……我想，應該是真貨。」
黑雪公主
黑之團「黑暗星雲」團長，
梅鄉國中學生會副會長。
對戰虛擬角色是
「Black Lotus」。
冰見晶
黑之團「黑暗星雲」旗下的超頻連線者。
「四大元素」中的「水」。
對戰虛擬角色是
「Aqua Current」。

倉崎楓子
黑之團「黑暗星雲」旗下的超頻連線者。「四大元素」中的「風」。
對戰虛擬角色是「Sky Raker」。
「我的感覺也是這樣……」
「……ISS套件的本體……？」
四埜宮謠
黑之團「黑暗星雲」旗下的超頻連線者。
「四大元素」中的「火」。
對戰虛擬角色是「Ardor Maiden」

《加速研究社的大本營（部分）》

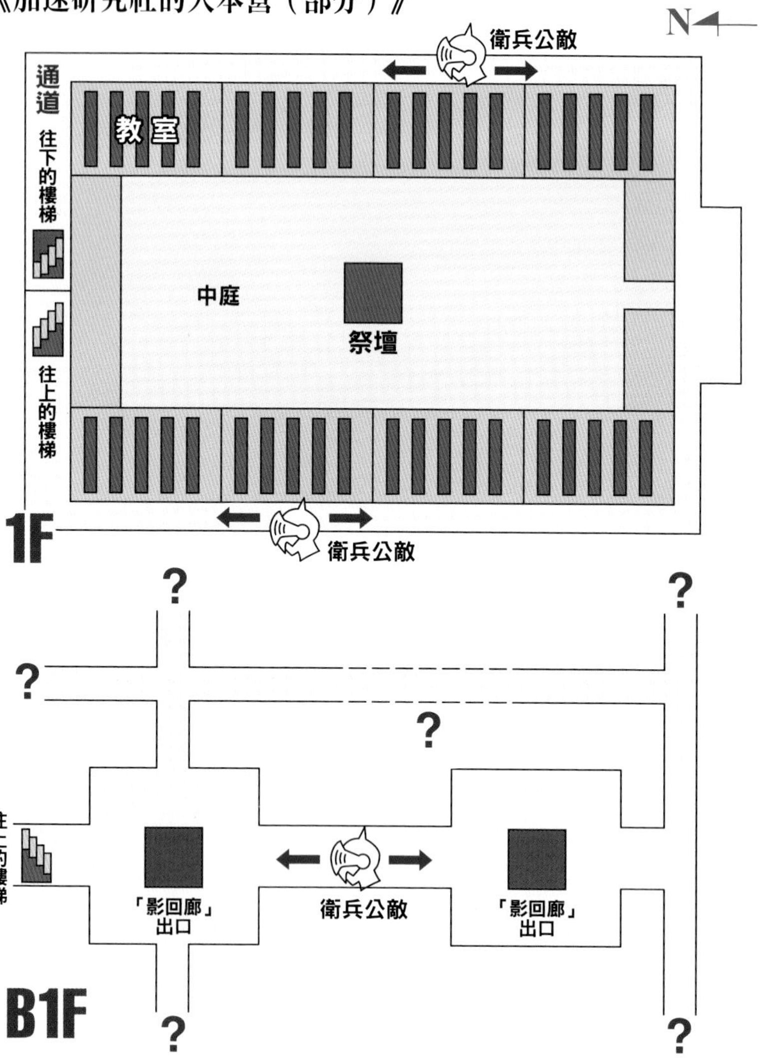

《加速研究社的大本營（部分）》

在加速世界中的感染正不斷蔓延的ＩＳＳ套件「本體」，疑似就藏在這棟「東京中城大樓」當中。推測這裡同時也是ＩＳＳ套件幕後黑手「加速研究社」的大本營。

但當春雪為了救出仁子，追著Black Vise穿過「影回廊」之後，來到的地方卻不是東京中城大樓，而是一個令他覺得有點似曾相識的奇妙場所。

那裡是一間位於「東京鐵塔遺址」西南方約兩公里處的「學校」。這間地下有著巨大迷宮，內部有著騎士型公敵把守的學校，正是加速研究社的大本營。

加速世界

Accel World

15 結束與開始

川原 礫
插畫 / HIMA

Kadokawa Fantastic Novels

黑雪公主＝梅鄉國中的學生會副會長，是個清純又聰慧的千金小姐，真實身分無人知曉。校內虛擬角色為自創程式「黑鳳蝶」，對戰虛擬角色為「黑之王」＝「Black Lotus」（等級９）。
春雪＝有田春雪。梅鄉國中二年級生，體型略胖，遭人霸凌。對遊戲很拿手，但個性內向。校內虛擬角色為「粉紅豬」，對戰虛擬角色為「Silver Crow」（等級５）。
千百合＝倉嶋千百合。跟春雪從小就認識，是個愛管閒事又活力充沛的少女。校內虛擬角色為「銀色的貓」，對戰虛擬角色為「Lime Bell」（等級4）。
拓武＝黛拓武。跟春雪及千百合從小就認識，擅長劍道，對戰虛擬角色為「Cyan Pile」（等級５）。
楓子＝倉崎楓子，曾參加上一代「黑暗星雲」的資深超頻連線者。前「四大元素(Elements)」之一，司掌風。因故過著隱士般的生活，但在黑雪公主與春雪的勸說下回歸戰線。曾傳授春雪「心念」系統。對戰虛擬角色是「Sky Raker」(等級８)。
謠謠＝四埜宮謠。參加上一代「黑暗星雲」的超頻連線者。名列「四大元素(Elements)」之一，司掌火。是松乃木學園小部四年級生。不但能運用高階解咒指令「淨化」，還很擅長遠程攻擊。對戰虛擬角色為「Ardor Maiden」(等級７)。
Current姊＝正式名稱為Aqua Current，本名冰見晶。是前「黑暗星雲」旗下的超頻連線者「四大元素（Elements）」之一，司掌水。人稱「唯一的一(The One)」，從事護衛新手的「保鏢(Bouncer)」工作。
Graphite Edge＝本名不詳。是前「黑暗星雲」旗下的超頻連線者「四大元素」之一，真實身分至今仍然不詳。

神經連結裝置＝以量子無線方式與大腦連線，透過影像與聲音等方式，對所有感官都能提供訊息的攜帶型終端機。
BRAIN BURST＝黑雪公主傳給春雪的神經連結裝置內應用程式。
對戰虛擬角色＝玩家在BRAIN BURST內進行對戰之際所控制的虛擬角色。
軍團＝Legion。由多名對戰虛擬角色組成的集團，以擴張占領區域及確保利權為目的。主要軍團共有七個，分別由「純七王」擔任軍團長。
正常對戰空間＝指進行BRAIN BURST正規對戰（一對一格鬥）用的場地。儘管有著直逼現實的高規格重現度，但遊戲系則與上個世代的格鬥遊戲相差無幾。
無限制中立空間＝只允許４級以上對戰虛擬角色進入的高等級玩家用場地。其中的遊戲系統規模遠超出「正常對戰空間」之上，自由度比起次世代ＶＲＭＭＯ遊戲也毫不遜色。

運動指令體系＝用以控制虛擬角色的系統，正常情形下對於虛擬角色的控制都由這個系統處理。
想像控制體系＝透過堅定想像意念（Image）來控制虛擬角色的系統。運作機制與正常的「運動指令體系」大不相同，有極少數人懂得如何運用，是「心念」系統的精要。
心念（Incarnate）系統＝干涉BRAIN BURST的想像控制體系，引發超越遊戲格局之現象的技術。又稱做「現象覆寫Overwrite）」。

加速研究社＝神秘的超頻連線者集團。不把「BRAIN BURST」當成單純的對戰遊戲而另有圖謀。「Black Vise」與「Rustgsaw」等人都是這個社團的成員。
災禍之鎧＝名喚Chrome Disaster的強化外裝。一旦裝備上去，就可以使用吸取目標ＨＰ的「體力吸收」與透過事前運算閃避敵方攻擊的「未來預測」等強力技能，但鎧甲擁有者的精神會遭到Chrome Disaster污染，進而完全受到支配。
Star Caster＝Chrome Disaster所拿的大劍，有著兇惡的造型，但原本的外形可說名符其實，是一把意象莊嚴，有如星星般閃發光的名劍。

ＩＳＳ套件＝ＩＳ模式練習用（Incarnate System Study）套件的縮寫。只要用了這種套件，任何超頻連線者都能夠運用心念系統」。使用中會有紅色的「眼睛」附在虛擬角色的特定部位上，散發出來的黑色鬥氣就是象徵「心念」的「過光(Over Ray)」。

「七神器」(Seven Arcs)＝指「加速世界」中七件最強的強化外裝。包括大劍「The Impulse」、錫杖「The Tempest」，大「The Strife」、形狀不詳的「The Luminary」、直刀「The Infinity」、全身鎧「The Destiny」與形狀不詳的「The ıctuating Light」。

「心傷殼」＝包覆對戰虛擬角色根源所在之「幼年期精神創傷」的外殼。據說若外殼格外堅固厚重，安裝BRAIN BURST就會塑造出金屬色的對戰虛擬角色。

「人造金屬色」＝不是從玩家的精神創傷中自然誕生，而是由第三者加厚其「心傷殼」，人為創造出來的金屬色虛擬色。

「無限EK」＝無限Enemy Kill的簡稱。是指在無限間因強力公敵導致對象虛擬角色死亡，經過一段間復活後再次被殺，陷入無限地獄的迴圈。

▶▶▶ Accel World

加速世界

Accel World

15 結束與開始

川原 礫
插畫 / HIMA

Kadokawa Fantastic Novels

黑雪公主＝梅鄉國中的學生會副會長，是個清純又聰慧的千金小姐，真實身分無人知曉。校內虛擬角色為自創程式「黑鳳蝶」，對戰虛擬角色為「黑之王」＝「Black Lotus」（等級９）。

春雪＝有田春雪。梅鄉國中二年級生，體型略胖，遭人霸凌。對遊戲很拿手，但個性內向。校內虛擬角色為「粉紅豬」，對戰虛擬角色為「Silver Crow」（等級５）。

千百合＝倉嶋千百合。跟春雪從小就認識，是個愛管閒事又活力充沛的少女。校內虛擬角色為「銀色的貓」，對戰虛擬角色為「Lime Bell」（等級4）。

拓武＝黛拓武。跟春雪及千百合從小就認識，擅長劍道，對戰虛擬角色為「Cyan Pile」（等級５）。

楓子＝倉崎楓子，曾參加上一代「黑暗星雲」的資深超頻連線者。前「四大元素(Elements)」之一，司掌風。因故過著隱士般的生活，但在黑雪公主與春雪的勸說下回歸戰線。曾傳授春雪「心念」系統。對戰虛擬角色是「Sky Raker」(等級８)。

謠謠＝四埜宮謠。參加上一代「黑暗星雲」的超頻連線者。名列「四大元素(Elements)」之一，司掌火。是松乃木學園小部四年級生。不但能運用高階解咒指令「淨化」，還很擅長遠程攻擊。對戰虛擬角色為「Ardor Maiden」(等級７)。

Current姊＝正式名稱為Aqua Current，本名冰見晶。是前「黑暗星雲」旗下的超頻連線者「四大元素（Elements）」之一，司掌水。人稱「唯一的一（The One）」，從事護衛新手的「保鏢(Bouncer)」工作。

Graphite Edge＝本名不詳。是前「黑暗星雲」旗下的超頻連線者「四大元素」之一，真實身分至今仍然不詳。

神經連結裝置＝以量子無線方式與大腦連線，透過影像與聲音等方式，對所有感官都能提供訊息的攜帶型終端機。

BRAIN BURST＝黑雪公主傳給春雪的神經連結裝置內應用程式。

對戰虛擬角色＝玩家在BRAIN BURST內進行對戰之際所控制的虛擬角色。

軍團＝Legion。由多名對戰虛擬角色組成的集團，以擴張占領區域及確保利權為目的。主要軍團共有七個，分別由「純色七王」擔任軍團長。

正常對戰空間＝指進行BRAIN BURST正規對戰（一對一格鬥）用的場地。儘管有著直逼現實的高規格重現度，但遊戲系統則與上個世代的格鬥遊戲相差無幾。

無限制中立空間＝只允許４級以上對戰虛擬角色進入的高等級玩家用場地。其中的遊戲系統規模遠超出「正常對戰空間」之上，自由度比起次世代ＶＲＭＭＯ遊戲也毫不遜色。

運動指令體系＝用以控制虛擬角色的系統，正常情形下對於虛擬角色的控制都由這個系統處理。

想像控制體系＝透過堅定想像意念（Image）來控制虛擬角色的系統。運作機制與正常的「運動指令體系」大不相同，只有極少數人懂得如何運用，是「心念」系統的精要。

心念（Incarnate）系統＝干涉BRAIN BURST的想像控制體系，引發超越遊戲格局之現象的技術。又稱做「現象覆寫（Overwrite）」。

加速研究社＝神祕的超頻連線者集團。不把「BRAIN BURST」當成單純的對戰遊戲而另有圖謀。「Black Vise」與「Rust Jigsaw」等人都是這個社團的成員。

災禍之鎧＝名喚Chrome Disaster的強化外裝。一旦裝備上去，就可以使用吸取目標ＨＰ的「體力吸收」與透過事前運算閃避敵方攻擊的「未來預測」等強力技能，但鎧甲擁有者的精神會遭到Chrome Disaster污染，進而完全受到支配。

Star Caster＝Chrome Disaster所拿的大劍，有著兇惡的造型，但原本的外形可說名符其實，是一把意象莊嚴，有如星星般閃閃發光的名劍。

ＩＳＳ套件＝ＩＳ模式練習用（Incarnate System Study）套件的縮寫。只要用了這種套件，任何超頻連線者都能夠運用「心念系統」。使用中會有紅色的「眼睛」附在虛擬角色的特定部位上，散發出來的黑色鬥氣就是象徵「心念」的「過剩光(Over Ray)」。

「七神器」(Seven Arcs)＝指「加速世界」中七件最強的強化外裝。包括大劍「The Impulse」、錫杖「The Tempest」、大盾「The Strife」、形狀不詳的「The Luminary」、直刀「The Infinity」、全身鎧「The Destiny」與形狀不詳的「The Fluctuating Light」。

「心傷殼」＝包覆對戰虛擬角色根源所在之「幼年期精神創傷」的外殼。據說若外殼格外堅固厚重，安裝BRAIN BURST就會塑造出金屬色的對戰虛擬角色。

「人造金屬色」＝不是從玩家的精神創傷中自然誕生，而是由第三者加厚其「心傷殼」，人為創造出來的金屬色虛擬角色。

「無限EK」＝無限Enemy Kill的簡稱。是指在無限制中立空間因強力公敵導致對象虛擬角色死亡，經過一段時間復活後再次被殺，陷入無限地獄的迴圈。

▶▶▶ Accel World

——我答應過要保護妳！

——不管什麼時候妳陷入危機，我都會飛去救妳！

昨天——星期六的晚上，仁子突然跑來春雪家過夜，當時春雪就對她發下這樣的誓言。仁子微笑著回答說：「我會期待的。」

——不用啦，只要陪在身邊，那就夠了。所以……你可不要變了個人。就算你等級升上去，成了高等級玩家，你也要繼續當原本的你。這樣一來……哪怕我有一天……

不知道當時紅之王是不是已經有了預感，預感到有個惡意的存在將在不久的將來攻擊她。她那句「哪怕我有一天」後面本來要接下去的話，會是「從加速世界消失」嗎？

如果真是這樣，那就萬萬不能讓她的預感變成現實。春雪答應過要保護仁子……答應過無論發生什麼事，都要保護好這個非常重要的，小他兩歲的朋友。

所以，現在他一定要飛。一定要超越極限，以光速飛翔。

「給我……飛啊啊啊啊啊啊啊——！」

春雪大喊一聲。

背上伸出的新翅膀像是呼應他的意志迸出白銀的光芒，將黃昏空間的天空照得耀眼奪目。

1

要主動從真正的加速世界——也就是無限制中立空間——回到現實世界當中，就只有一種方法。

那就是跳進設置於地標級大型建築物內的「登出點」(Leave Point)，別名「傳送門」(Portal)，除此之外別無其他方法。即使體力計量表歸零而死亡，也只會變成幽靈狀態被綁在死亡標記附近，並在六十分鐘後復活。要是死在連一次普通攻擊都強得讓人頂不住的強力公敵活動範圍深處，難保不會一直困在裡頭反覆死亡與復活的過程，就這麼耗盡超頻點數。

嚴格說來，只要扣光所有點數，就算不用傳送門也能離開無限制空間，但這種情形將會導致使用者失去BRAIN BURST程式以及所有與加速世界有關的記憶。與其落到這種下場，相信大多數超頻連線者都會覺得還不如被關在加速世界裡度過多年時間。

也因此，要在無限制空間挑戰高難度任務時，要事先備妥能從現實世界自動切斷加速的機制——也就是自動斷線保險裝置——已經成了常識。具體來說，就是以有線方式將神經連結裝置連上全球網路，並設定成經過一定時間後就會強制斷線。

由黑暗星雲全團團員再加上日珥的仁子與Pard小姐，合計共九人進行這項「大天使梅丹佐攻略任務」時，黑雪公主是將斷線裝置設定在十分鐘後發動。十分鐘看似很短，但在時間會以現實世界一千倍速度流動的加速世界中，就相當於一百六十六小時又四十分鐘——大約七天的時間。這樣的時間可說相當充裕，而在激戰之後好不容易擊破梅丹佐時，離自動斷線也還剩下足足六天以上的時間。

但這充裕的時間，現在卻成了始料未及的圈套。

梅丹佐一戰才剛剛結束，仁子——紅之王Scarlet Rain，就被加速研究社副社長Black Vise擄走了。

無論她被帶去哪裡，只要從現實世界切斷全球網路連線，對戰虛擬角色就會瞬間從加速世界消失，也就能夠暫時脫離危機。然而斷線裝置在遙遠的六天後才會發動，因此春雪才會在準備起飛去追Vise之際對同伴大喊，要他們從最近的登出點脫離，去拔掉仁子的線。

成了梅丹佐攻略戰舞台的東京中城大樓，是全東京二十三區當中屈指可數的大地標，理應設有傳送門，想來多半就在中城大樓的內部。

但問題在於傳送門未必存在於一樓入口大廳。像與中城大樓成對聳立的六本木山莊大樓傳送門，就位於五十樓附近。如果中城大樓內的傳送門也位於大致相等的高度，真不知道要花多少分鐘才爬得上去……不對，中城大樓是加速研究社的重要據點，甚至有可能被他們所設下的陷阱阻撓，根本到不了傳送門。

所以要救出仁子，就不能只靠斷線這個手段。無論如何春雪都得追上逃走的Black Vise，從他手上搶回仁子。

因為仁子是春雪非常重要的朋友，他曾發下誓言要保護她。

「再快……！還要……更快……！」

春雪達到從未體驗過的速度領域，仍然吶喊著想要更快的速度。

背上除了Silver Crow原有的十片金屬翼片之外，上方更多出了四片叫作「梅丹佐之翼（Metatron Wings）」的純白翼片，發出高頻的咆哮聲響。這組冠上大天使名號的強化外裝出力無與倫比，往前伸直的雙手壓縮虛擬空氣而產生的高熱將指尖燒得通紅。但春雪在超加速的感覺中，仍然一再喊著還要更快。

Black Vise在梅丹佐一戰剛結束後捉住仁子，潛身於中城大樓的影子中遁走。Vise的這種能力，讓他可以在不間斷的影子中保持隱身狀態移動，但所幸黃昏空間中的建築物很少，影子只延伸到離大樓直線距離約五百公尺的路口。當漆黑的虛擬角色為了穿越路口而現身時，春雪並未忽略他的身影。

但五百公尺的距離，相當於東京中城大樓高度的兩倍。再加上Vise穿越路口而躲進下一叢影子所需的時間，頂多也只有三秒鐘。這叢影子過去沒多遠，就是首都高速公路三號線。一旦被他躲進高架道路下的影子，就再也無從追蹤。三號線的高架道路，東西兩方分別銜接上都心環狀線與東名高速公路，實際上等於無限往外延伸。

要在短短三秒鐘之內移動五百公尺。

如果要從靜止狀態實現這樣的移動，三秒鐘後的時速就必須達到一千兩百公里，加速度約等於11G，遠超過對戰虛擬角色的極限。

但春雪非做到不可。

單靠飛行能力，最高時速是五百公里。發動第二階段的心念「光速翼（Light Speed）」，可以達到時速一千公里。再加上強化外裝梅丹佐之翼的推力，讓他達到時速一千一百……一千兩百……

「喔……喔喔喔喔──────！」

春雪在拉長的時間中吶喊。

Silver Crow尖銳的手指，貫穿了變得有如高密度液體般的空氣之牆。

產生的環狀衝擊波，將下方的建築物群震得粉碎。

已經近在眼前的路口上，可以看見已經穿過路口的Black Vise再度化為方形的薄板，被他抱在雙手上的嬌小虛擬角色身上火紅的裝甲，在傍晚的夜色下反射出亮麗的光芒。但這亮麗的色彩也立刻被漆黑的薄板吞沒。

春雪凝視著再度沉入影子裡的仇敵，卯足剩下的每一分力氣。

飛行時速多半已經超過一千兩百二十五公里——也就是已經超過音速，別說正常降落，連減速都不可能來得及。唯一剩下的方法，就是全速衝向Black Vise。劇烈撞擊之下，難保不會讓春雪與Vise瞬間斃命，又或者連被鎖在Vise體內的仁子也不例外。然而即使三人全都當場死亡，還是遠比讓仁子被帶走要好得多了。畢竟同伴們應該會在等待復活的期間中就先趕到。至於仁子，大可等一切解決之後再跟她道歉。

Silver Crow以尖銳的角度俯衝，在後方掀起盛大的砂石風暴，衝進了路口。

離慢慢沉入影子的漆黑薄板，還剩十公尺……五公尺…………

「把仁子…………」

三公尺。兩公尺。

「…………還來啊——————！」

一公尺。

就在Vise全身沒入影子的同時，春雪的雙手也碰到了他沒入的地點。

一陣撼動天地的大爆炸——並未發生。

取而代之的，是一陣跳進渾濁水中似的異樣感覺，籠罩住春雪全身。

所有的光線與聲響都消失了。連本應在地上撞出一個大窪地的超音速衝擊能量，都彷彿被吸進異次元似的消失無蹤。若是跳進水面，即使翼片停止發力，應該也會繼續在水面下前進數十公尺，現在卻彷彿慣性動能本身直接被完全取消。

感覺就像闖進了一個充滿全黑墨水的無底沼澤之中。還存在於視野之中的，就只有還剩五成的體力計量表。在零點一秒之前還壓迫得虛擬角色幾乎骨折的震動也跟著消失，輸入到五感的資訊全都變換成零。

——不對。

突然間一股橫向的力量襲向春雪，像是將他拉扯……不，像是把他沖往別的方向。這種力道就像地下水流似的流往同一個方向，將春雪沖了過去。

「……Rain！妳在哪裡！」

春雪一邊感覺到連呼喊的聲音都立刻被掩蓋過去，一邊拚命地伸手，但手指什麼都碰不到。他想振動背上的翼片來抵抗水流，但黏度很高的黑暗緊緊纏住他的身體，十分礙事。春雪只能在這伸手不見五指的黑暗當中，任由自己被水流沖走。

——光……得要，有光源……

春雪先想著物品欄(Storage)裡是否有可以發光的東西想了一會兒，然後才總算注意到不需要靠物品。他高高舉起右手，聚精會神。一陣清澈的震動聲響沿著虛擬身體發出，產生出來的銀色光芒——心念系統的過剩光(Overray)——微微驅開了黑暗。

當那個物體浮現在視野當中的瞬間，春雪尖銳地倒抽一口氣。

長方形的薄板就在幾公尺前方順著急流移動，這無疑就是Black Vise。也就是說，這個昏暗無光的空間，就是Vise當成逃走路線來利用的「影子內」。也不知道是因為接觸時機抓得巧，還是靠著超越音速的超高速，讓春雪似乎也跟著Vise衝進了影子裡。

「慢著……！放開Rain……！」

春雪以毫無回音的聲音這麼呼喊，舉起附上光芒的右手。

「──『雷射（Laser）』……」

就在他正要喊出下半段招式名稱「長槍（Lance）」的瞬間，領頭的Vise突然往右一轉。看樣子他並不是注意到來自背後的攻擊而閃避，而是這條影子走廊本身就往直角方向轉彎。春雪也身不由己地被這股急流吞沒，失去了平衡。右手上的光芒不規則地閃爍，儘管他拚命想維持想像，卻只能任由漆黑的急流擺布。春雪只好縮起手腳，收起翅膀，隨著急流沖走。要是在這種時候被Vise甩掉，最壞的情形下甚至可能就此被彈出影子回廊。

……仁子，妳再忍耐一下。

春雪想起以前自己被Black Vise薄板關住時的痛苦，在心中對仁子這麼呼喊。

……我一定會救妳。一定……一定會！

他聽不見回答──這本來就只是他心中的思考，自然不可能讓仁子聽到，但在任由黑色急流沖運的期間，春雪始終一心一意地對仁子發出這樣的意念。

物，應該早已劇烈受損。」

「啊……對……對喔……！」

春雪驚愕之餘回過頭去，觀察身後的大廣間。就如梅丹佐所說，騎士型公敵的劍碰出盛大的火花，地板上卻並未留下任何痕跡。雖然不知道理由，但受到相當於巨獸級公敵持劍攻擊都絲毫無損，那麼即便用上四片翅膀的所有推力使出拳擊，也無法輕易擊破——不但打不破，甚至連拳頭本身都極有可能承受不住衝擊而粉碎。

春雪打算順便看清楚騎士型公敵的情形，於是將視線轉往大廣間深處，結果看到騎士高大的身軀仍然縮在地上不動。從這情形看來，這個公敵多半還會安分一陣子。就在春雪鬆了一口氣的瞬間……

公敵頭盔上成排的細長縫隙下，亮起了強烈的緋紅色光芒。騎士緩緩起身，帶得金屬鎧甲的各個部位碰得鏗鏘作響。

「呃……」

春雪低呼一聲而退開一步，緊接著就看到梅丹佐的終端機上前。純白的光芒以驚人的速度閃爍，反射在騎士的鎧甲上。似乎是這陣閃光燈傳達了某些資訊，只見公敵就此靜止不動。

緊接著這身高達三公尺以上的巨大身軀，就彷彿被小小十五公分的立體圖示震懾住似的轉過身去。

公敵踩著沉重的腳步聲慢慢走遠，讓春雪茫然若失地看了好一會兒。等公敵從另一頭的門口離開，連腳步聲也聽不見之後，他才戰戰兢兢地問：

「那個公……我是說Being，該不會是妳下令叫他回去的……？」

結果圖示滴溜溜轉過來，以帶著點傻眼的聲調說：

「你應該沒有時間問這種不問也知道的問題。你不是說必須分秒必爭找出同伴戰士嗎？」

「啊……嗯，是啊。可是，既然牆壁跟天花板都打不破，又要怎麼找起……」

「我答應借給你的是力量，不是智慧。要去哪裡，做什麼，你必須自己決定。」

被她這麼一說，春雪也不能繼續哭訴。光是梅丹佐阻止他先前有勇無謀想衝破天花板的舉動，春雪就應該大大感謝。而且如果這個神獸級公敵有那個意思，當初在中城大樓外多半能在轉眼間就殲滅春雪等人，然而卻肯這樣借他力量，這件事本身就已經是無上的僥倖。有時間去運轉負面思考回路，還不如分秒必爭地趕快行動。

要救仁子，該走的方向是…………

「────這邊！」

春雪大喊一聲，再度朝地面一蹬。他不是跑向通道的右方、左方，也不是上方，而是跑向先前所待的大廣間。虧梅丹佐解除了騎士公敵的攻性狀態，春雪卻穿過寬廣的大廣間，從另一頭的出口追了過去。

大廣間有出口A和出口B，Black Vise為什麼會從A出去？

會不會是因為騎士型公敵從出口B出現？即便騎士經過馴服後不會攻擊Vise本身，應該還是會鎖定被他抱在懷裡的仁子。Vise之所以不能走出口B，原因會不會就出在這裡？

如果真是如此，那就可以判斷出公敵出現又回去的方向，就是對方基地的重要地區。如果Vise是繞遠路回往中央，可能就還追得上。

立體圖示默默追隨在飛奔的春雪身旁。雖然不確定她先前所說的「暫時借你力量」這句話的有效期限還剩下幾分鐘，但也只能祈禱可以持續到救出仁子為止了。

所幸這個出口外面和先前不同，只有一條筆直的通道。去路上可以看到那個騎士型公敵緩緩行進的背影，但春雪不予理會，繼續奔跑。他從腳步聲鏗鏘作響的騎士身旁溜過，趕過了騎士。他所料不錯，騎士並未加快腳步追趕。

「為防萬一，我先對智慧不夠的你提出警告。」

輕飄飄飛在身旁的圖示難得主動說話了。

「什……什麼事？」

「我之所以能夠解除後方Being的攻性狀態，是因為他已經擺脫受到那可恨銀冠支配的狀態。若在前方遇到新的公敵，在你破壞掉銀冠之前我都無法干涉這些個體，這點你要留意。」

這次春雪總算立刻聽懂了她的話，一邊奔跑一邊連連點頭。

「知……知道了。可是……我之所以能破壞剛才那個Being的銀冠，還是靠了『梅丹佐之翼』的翅膀攻擊啊……」

如果處在強化外裝化為終端機型態的狀態，也許就沒辦法輕易破壞銀冠。春雪試著表達這言外之意，但梅丹佐的回答仍然冷淡。

「那不叫翅膀攻擊，你應該稱之為『連禱(Ectenia)』。」

「……好……好的。」

雷射攻擊也有個正式的特殊能力名稱叫作「三聖頌」，所以翅膀攻擊多半也有專有的名稱吧。這兩個單字的意思春雪都不懂，但還是先點點頭，接著將視線拉回行進方向上。

筆直的通道在數十公尺前方，才總算通往下一個大廣間。這裡離一開始的大廣間將近有一百公尺遠，也就表示這個基地相當巨大。加速研究社多半是占據了無限制空間內的一棟建築物，但有著這麼大面積的設施應該相當有限，可是以前卻從未有人發現他們的基地，這到底是為什麼呢？

春雪明明從未如此深入研究社中樞，卻只覺得一股毛骨悚然的感覺愈來愈強烈，邊跑邊用左手抱住右手。他深深體會到飄在身旁的小小圖示給了他多大的勇氣，同時不由自主地對她輕聲呼喊：

「……梅丹佐。」

他頓了一頓後——

「……謝謝妳。」

他這麼一說，圖示就簡短地回答：

「不要做無意義的發言。」

春雪愈想愈覺得這個冠上大天使名號的神獸級公敵像個嚴格的女老師，縮起脖子答了一聲：「是。」正好就在這時，他來到了下一個大廣間的入口，停下腳步從牆邊往裡窺探。

這裡的構造與一開始那間大廣間十分相似，但四面牆壁上都有開口。春雪看到左右兩方的門似乎都通往別的通道，但前方的門外則可以看見往上的樓梯。巨大的廣間裡空空蕩蕩的，既未看見新的公敵，也沒看到Black Vise的身影。

春雪推測Vise繞遠路前往這裡，是自己猜錯了嗎？其實應該再回一開始的大廣間找別條路走嗎？就在這樣的猶豫從春雪腦海中閃過的那一剎那。

純白的地板上，有一處閃出了小小的紅光。

春雪整個人被吸了過去似的走進大廣間，走了幾步之後蹲下，伸出右手用指尖輕輕拾起這個反光的物體。

那是個很小很小的深紅色固體。春雪絕對不會認錯這個顏色，這是從紅之王Scarlet Rain裂開的裝甲上掉落的碎片，更是Vise就在短短一兩分鐘前才經過這個大廣間的鐵證。

「……仁子……」

就在春雪不由得低吟一聲的同時，深紅色碎片做為物件的壽命也已耗盡，化為微小的發光粒子消散。春雪用力握住右手，抬起頭來。

Vise離開時所走的通路，肯定是繞了一大圈，通到這個房間左右的出入口。也就是說，春雪該走的方向，就是前方這座往上的樓梯。由於是走中央通道直進，落後的距離應該已經追上了一大段。

「……你等著吧，Black Vise！」

春雪壓低聲音這麼一喊，邁步走向正面的樓梯。

然而他去路上的地板，卻突然從大理石的純白色變成煤焦油的黑色。春雪趕緊緊急煞車，往後跳開一步。

染成亮黑色的地板上，散出同心圓狀的漣漪，正中央冒出一個圓形的隆起。看來這裡和後方那個大廣間一樣，也被設定為影回廊的出口。春雪反射性地擺好架式準備攻擊。不知道出現的會是公敵，還是加速研究社的其他超頻連線者──

在渾濁的水聲中，兩個人形輪廓接連跳了出來。體型與Crow差不多，看得出不是公敵。這兩個人影高高彈起，摔在一小段距離外的同一處地上，發出兩種不同的叫聲。

「唔咕！」

「好痛啊！」

這兩個稍嫌欠缺緊張感的聲音，對春雪來說實在耳熟得過火。他鬆開為了先發制人而握緊的拳頭，瞪大雙眼呼喊：

「阿……阿拓！還有……小百？」

在下方變成肉墊的藍色大型虛擬角色，以及摔在他身上的綠色小型虛擬角色不約而同地面向春雪。

不管怎麼看，他們兩人都只可能是Cyan Pile和Lime Bell。

2

根據春雪後來聽到的說法，被留在中城大樓北側公園的黑雪公主等人稍微花了一些時間，才讓所有人開始採取接下來的行動。

春雪起飛去追擄走Scarlet Rain的Black Vise之際，留下了這麼兩句話。「Pard小姐請去追Argon！」「哪個人從最近的傳送門脫離，去拔掉仁子的傳輸線！」

最先衝出去的是Blood Leopard。她為了追擊從遠方大樓屋頂以雷射掩護Vise的「四眼分析者（Quad Eyes Analyst）」Argon Array，開啟野獸模式全力飛奔，轉眼間就不見蹤影。

留在公園的有黑雪公主、楓子、晶、謠、拓武與千百合等六人。但謠被Argon以四發雷射貫穿胸部，當場失去行動能力，被楓子抱在懷裡。眾人才剛會合，千百合就以香櫞鐘聲（Citron Call）幫她恢復體力計量表，但要擺脫重傷的痛覺震撼多半還得花上一些時間。於是眾人必須兵分兩路，一隊前往支援Leopard，另一隊則前往傳送門，以便停止Rain的加速。

當黑雪公主想到這裡，公園北側便響起大規模的爆炸聲響。放眼望去，只見白堊街景的一角冒出通紅的火柱。眾人一陣緊張，以為Leopard遭到迎擊，但晶立刻輕聲說：

晶立刻幫黑雪公主補充：

「如果跟以前一樣，應該會在四十五樓。」

四人同時仰望的這座白堊巨塔，從屋頂到接近地上的樓層之間有著一道垂直的裂痕。是Silver Crow以特殊能力「光學傳導（Optical Conduction）」折射梅丹佐的超高威力雷射，將大樓劈成了兩半。儘管無論從這道寬約兩公尺的裂痕如何凝神細看，仍然看不見傳送門的藍光，但只要從這道縫隙直接進入四十五樓，就能大幅縮減所需的時間。

「……大概兩百公尺出頭吧。Raker……」

黑雪公主轉過身去，楓子就輕輕搖了搖頭。

「很遺憾，憑我的疾風推進器，沒有辦法把妳們三人載到那樣的高度。看是要我帶一個人先走，還是四個人一起飛，能飛到幾樓就是幾樓……」

「嗯……」

黑雪公主在眨了一次眼睛的空檔中做出了決定。

「我們四個一起走。強制斷線是救出Rain的最終手段，無論如何都不容許失敗。相信Crow一定會幫我們爭取上樓的時間。」

「也對。我也會卯足現在的全力去飛。」

楓子這麼一宣告，就大大攤開雙手。謠抱在她身上，黑雪公主與晶則分別抓住她的左右手。裝備在背上的整個推進器開始發出淡淡的藍色光芒，高亢的驅動聲響起，液態金屬狀的長髮張開成有如翅膀般的形狀。

「……我要飛了！」

楓子呼喊的同時，雙腿用力往地上一蹬。

緊接著疾風推進器的噴嘴迸出蒼藍的火焰，四人有如火箭一般開始朝巨塔的高樓層飛去。

＊＊＊

——絕對、絕對。

——我絕對，要保護她。

化為一陣深紅色疾風的Blood Leopard——掛居美早，腦中一再重覆著這句話。

她並非完全沒料到加速研究社會出手攻擊。紅之團的大批團員在無限制空間展開行動的過程中，遭到化身為黑之王Black Lotus模樣的對戰虛擬角色驅策神獸級公敵襲擊，還只是兩天前的事情。

假Lotus的真面目，就是自稱加速研究社副社長的Black Vise。奇襲的目的，則是偵察日珥與Scarlet Rain。這些情報紅之王都已經在昨天告訴了她。雖然不太確定Vise假冒成黑之王的理由，但美早與仁子推測，多半是為了讓這兩個處於無限期停戰的軍團反目。而在星期六的領土戰爭中，也確實有三名日珥的團員擅自去攻打杉並戰區。

但事情發展到這一步，愈想就愈覺得實際理由正好相反。

只要化身為黑之王的模樣攻擊紅之王，引發日珥的報復行動，兩軍團之間就會進行首腦層級的會談以便收拾事態。然後一旦在這個時間點上，有黑之團的團員，或與他們有著密切關係的超頻連線者——舉例來說，就像Ash Roller——被ISS套件感染，相信重情義的紅之王就會提議要幫忙。

而在梅丹佐之前就先和他們交戰的Magenta Scissor，被問到盯上Ash Roller的理由時，就回答說是因為「有很多事情要顧」。而她所謂的有很多事情要顧，很可能就是指加速研究社指示她這麼做。這一切都是為了在無限制空間擄走紅之王Scarlet Rain而布的局。

要說這是計畫，不確定因素未免太多。然而這多半正是加速研究社的作風。他們會接二連三在加速世界中灑下災禍的種子，然後收割偶然結成的果實。像Rain的「上輩」Cherry Rook被災禍之鎧上身時、秋葉原BG遭到Rust Jigsaw蹂躪時，還有Silver Crow的翅膀被Dusk Taker搶走時，損害本來都可能再大上好幾倍。不，說不定研究社的圖謀已經引發了無數莫大的悲劇，只是美早不知道而已。

——可是，只有現在，現在萬萬不能讓這些傢伙稱心如意。

很遺憾的，美早沒有能力去追把Rain關住而沉入影子當中的Black Vise。但他那邊有成長卓著的Silver Crow用甚至可能超越音速的驚人飛行速度追趕。美早該做的事，是抓住掩護Vise的Argon Array。Crow之所以指示她這麼做，多半是考慮到要拿Argon來當和紅之王交換用的人質。

Argon發射雷射的大樓，距離中城大樓有三百公尺以上。就連戰區邊界上設有障壁的正規對戰空間裡，這樣的距離都難以在短時間跑完，更何況這裡還是沒有邊界的無限制中立空間。然而……

——別想逃走！

美早從豹的血盆大口迸出灌注了這個意志的咆哮，猛力往地面一蹬。

Argon的身影從她跑向的大樓屋頂離開，已經過了十秒鐘以上。萬萬不能讓她和Black Vise會合。儘管已經發動能以時速兩百公里奔跑的特殊能力「第一滴血（First Blood）」，但還是不夠。

Blood Leopard已經很長一段時間沒動用她最強最快的5級必殺技，而現在時候已經到了。

——瞄準。目標鎖定在前方兩百公尺的五層樓建築。

——裝填。高高跳起，收疊手腳。四周有紅光構成管子，也就是砲管。

然後——點火。

「『流血砲擊（Bloodshed Canon）』！」

喊出招式名稱的同時，必殺技計量表剩下的部分幾乎全部耗盡，美早的身體在一聲撼動天

好處。

美早秉持毫不留情的決心，卯足全力始終咬住Argon細嫩的脖子不放。在無限制空間裡要害持續受創，應該會讓Argon感受到極劇烈的疼痛，但比起過去因為加速研究社的陰謀而犧牲的超頻連線者所受到的痛苦總量，根本就不算什麼。

「啊，糟糕……我頭開始昏了。嗯～這，有點不是……開玩笑啊。至少換個地方咬嘛……只是這話說了也是白說啊。」

Argon說話的口氣還是一樣吃定人，但也變得斷斷續續。美早無法說話，只發出低吼聲回應。她的體力計量表已經恢復到將近七成，只要這樣的狀況持續下去，相信再過不了多久Argon就會死亡。

「唉，沒辦法。畢竟小貓咪都秀出這麼超大手筆的底牌了，我也……不能再吝嗇了呢。」

「…………！」

Argon的話讓美早繃緊了神經。雷射的射線已經捕捉不到美早，在這種狀況下，Argon應該已經沒有任何手段能夠反敗為勝。也許只是虛張聲勢……還是說，她真的另有奇策？

就在這時，美早背上竄過一陣尖銳的戰慄。

現在最應該優先的不是用「奪活咬」完全恢復體力計量表，而是立刻要了她的命。美早本能地判斷出這一點，舉起右手想用鉤爪撕開Argon空門大開的背。

但就在下一瞬間——

從趴在地上的纖細虛擬角色全身迸射出了鮮紅的堇色光芒。這不是必殺技，而是過剩光(Over Ray)，心念系統發動的證明——

「『無限陣列(Infinite Array)』。」

當耳裡聽到這句輕聲細語說出的招式名稱時，想像已經凝聚完成。發動所需的時間只有短短的零點五秒，美早完全沒有時間構思對策，本能地將牙齒從Argon脖子上放開想往後跳離。

但是已經太遲了。

「分析者」身上所有裝甲的表層，都產生了小型的鏡頭。無數排列得井然有序的眼睛醞釀出十字形的光芒——

嗡。

無數道極細的雷射撼動空氣，往全方位發射。這些雷射之中的六十％在地面堆起的土石或倖免於爆炸的建築物上打出黑色的小孔，三十五％呈放射狀射向天空——而剩下的五％則貫穿了美早身上多處。

「嗚…………！」

首先是一陣輕微的衝擊，接著是強烈的灼熱感，最後來到的則是一陣令人暈眩的劇痛，讓美早翻了個筋斗倒在地上。好不容易快要補滿的體力計量表又陷入紅色危險區域，但她沒有時

間去精確掌握剩餘的量，用豹的四肢拚命抓著地面試圖站起。要是再挨一次同樣的攻擊，就肯定會沒命。

但也不知道是這種心念攻擊無法連續發動，還是Argon Array特意要表現得老神在在，只見她慢慢起身說道：

「唉～好痛喔。我也當BB玩家當了很久，這還是第一次不是被公敵，而是差點被對戰虛擬角色咬死呢。」

Argon轉過身來看著美早時，裝甲上仍然還有著大量的「眼睛」，籠罩住她全身的淡淡過剩光也並未消失。無論發動速度、威力、射程、持續時間，全都達到了驚世駭俗的高水準。同屬第四象限——「範圍型破壞心念」的招式，卻幾乎全方位凌駕在過去曾於赫密斯之索縱貫賽中肆虐的Rust Jigsaw那招「鏽蝕秩序（Rust Order）」之上。

美早也並非對心念全無素養，但她終究只是為了保護自身不受敵人的心念攻擊傷害而學，如果要比較純粹的破壞力，老實說多半遠遠不及Argon。Argon這招「無限陣列（Infinite Array）」就是強得這麼過火。不，甚至應該說強得異常，讓美早比都沒比過都能如此斷定。

所有心念都是以使用者的「精神創傷」做為能量來源。創傷是缺陷、是飢渴、是絕望。因此哪怕是從創傷中創造出希望，昇華成第一或第二象限的力量，也就是「正向心念」，實際的招式效果仍會出現偏差。追求威力就會失去速度、追求射程就會失去準度，追求範圍就會失去持續力，原理上不可能有所謂萬能的心念。

然而Argon Array所用的招式，卻不存在任何缺點。是她花了漫長的時間將招式磨練到這個境界……還是說……

美早一邊思考，一邊勉力想讓受創的身體站起，Argon卻對她說出令她意想不到的話。

「我說小貓咪呀，妳可曾想過，為什麼幾乎所有生物都只有兩隻眼睛？」

＊＊＊

約十個小時前，Silver Crow以飛行能力將黑雪公主、晶、千百合與拓武等四人帶上東京鐵塔遺址塔頂時，並未把速度加到太快，是以慢慢上升的方式儘可能節省必殺技計量表。

但這次楓子被賦予了同性質的任務，要把黑雪公主、晶、謠等三人帶到中城大樓高樓層，卻從一開始就把背上的疾風推進器開到最大出力燃燒。相信她並不是追求最低油耗，而是以當下分秒必爭的狀況為優先。黑雪公主也認為她的判斷正確，但被人拖著以飛彈般的速度衝向大樓牆壁，實在難免緊張得說話都有點破音。

「喂……喂，Raker！這真的……」

晶立刻接過話頭說：「停得住。」謠又接著說：「嗎？」

楓子聽到這樣的疑問……

「這個嘛，總會有辦法的吧。」

當她悠哉地答出這句話時，白堊的牆壁已經近在眼前。就在眾人全身緊繃，心想她該不會是想就這麼一頭撞過去的這一瞬間，推進器的噴射就此結束。四人在慣性作用下繼續上升，但勢頭已經迅速減弱，讓她們接下來反而要擔心摔下去，但楓子的目測非常精準。四人就在正好達到拋物線頂點的位置，被拋進了中城大樓外牆上那道寬兩公尺的裂痕之中。

「喝！」

進入大樓內的瞬間，黑雪公主伸出左手，以鋒利的劍尖刺穿外牆的斷面。這一來固然暫時停止下墜，卻讓四人份的重量全都掛在黑雪公主的一隻手上。

「Lotus，妳再撐三秒就好！」

楓子這麼一喊，將抓住她右手的晶高高舉起。Aqua Current失去的大部分水流裝甲仍未恢復，身體似乎也因此而輕巧得多，一抓住被雷射切開的地板邊緣，就輕輕鬆鬆跳了上去。緊接著立刻往下伸出雙手，從楓子手上接過謠，把她拉了上去。

接著楓子也在晶的幫助下爬上地板，黑雪公主擺脫了三人份的體重之後，以插在牆上的劍尖為支點，將自己的身體甩了上去。她在空中翻了個筋斗，落到同伴們身邊。

「妳整整用了五秒。」

她指出楓子超過了時間，然而……

「這個世界的五秒，在現實世界中不就只相當於零點零零五秒嗎？別在意別在意。」

楓子說出這種令人似懂非懂的理由後，立刻改變話題。

「別說這些了，不知道這裡是幾樓？」

聽她這麼一問，黑雪公主就和晶與謠一起放眼望向四周。這昏暗的空間相當寬闊，還以等間隔設有成排的大理石長桌。

「餐廳……不，應該是辦公室。中城大樓有五十四樓，我覺得我們差不多是衝進三分之二的高度，所以我想應該是三十五樓左右的辦公樓層……」

黑雪公主這麼回答，晶與謠也點頭表示同意。楓子瞄了天花板一眼，犀利地瞇起鏡頭眼。

「也就是說，離我們要去的四十五樓還有十層樓了。如果只差這麼幾層樓，與其找上樓的樓梯，還不如用跳的爬上梅丹佐用雷射轟出來的裂痕上去來得快。」

「也許是這樣沒錯，但如果樓上有人等著，從裂縫現身的我們就會變成上好的活靶……」

「那我們就在離裂縫有點距離的地方，把天花板打出洞來，先放個範圍攻擊之後再衝進去吧。所幸不管怎麼攻擊，都不可能破壞傳送門。」

「說……說得也是。不過……Raker，妳從以前就是這種衝鋒隊長的個性嗎？」

楓子在上一代的黑暗星雲裡也是擔任副團長，但黑雪公主在領土戰裡和她並肩作戰的經驗其實不多。因為每週都必須同時防守多個戰區，讓她們兩人往往得分頭指揮不同團隊來應戰。

對於黑雪公主的疑問，楓子只以平靜的微笑回應，但在領土戰中總是和楓子搭檔的謠則雙肩顫抖著說：

「我想不衝鋒的人，應該不會被人取個ＩＣＢＭ之類的外號。」

「原來如此，這我可想通了——那這次我們也一路直搗黃龍吧。Maiden，幫我一把。」

黑雪公主仰望著天花板這麼一說，巫女型虛擬角色立刻換了個人似的用力點頭答應：

「了解！」

在她們四人當中，當然就屬Ardor Maiden擁有最強大的遠距離攻擊力，但她拿手的火焰攻擊在貫穿力上並不如物理攻擊。每貫穿一層天花板，威力就會往水平方向擴散，也許根本貫穿不到四十五樓。當然只要連續發射兩三次，遲早總會貫穿，但這只是在浪費必殺技計量表。

於是黑雪公主決定由自己來開路，右手劍垂直擺好架式。謠在她身旁將火焰箭搭上長弓，同樣瞄準天花板。黑雪公主確定楓子與晶退開了幾步之後，這才凝聚想像。

「我要動手了……超頻驅動（Overdrive）！紅色模式（Mode Red）！」

Black Lotus這麼一喊，行遍全身的接縫線就閃出明亮的火紅色光芒，顯示她將虛擬角色的能力平衡調整為適合遠距離攻擊。紅光一路延伸到她的右手上，凝聚在劍尖發出高亢的震動聲響。

「——『奪命擊（Vorpal Strike）』！」

她喊出招式名稱，右手猛然往上一伸。

這招在多年前由師父傳授的心念攻擊，接連貫穿大理石的天花板，發出一聲又一聲硬質的聲響。中城大樓每一層樓的高度約有四點五公尺，所以十層樓就是四十五公尺。這樣的距離接近這一招的最大射程，但她非打到不可。黑雪公主卯足所有的想像力，讓火紅的長槍不斷往前延伸。當刺穿天花板的感覺來到第八次、第九——第十次的瞬間，她往後一倒似的退了開去。

看到黑雪公主腳步踉蹌，楓子立刻上前扶住她的雙肩。幾乎就在同時，謠對準天花板開出的洞拉滿了長弓。

「『火焰漩渦（Flame Vortex）』！」

她以堅毅的嗓音喊出的招式名稱，不是心念攻擊而是必殺技，但魄力卻超乎「奪命擊」之上。搭在弓上的火焰箭瞬間巨大化，箭頭猛然開始旋轉。整枝箭化為一道火焰漩渦，一路灑出大量的光與熱發射出去。

黑雪公主的劍在天花板上打出的洞直徑約有五十公分，而火焰螺旋一路竄升，更將洞口的直徑劈開到將近兩倍大。若說Maiden在對青龍一戰中使用的「火焰暴雨（Flame Torrent）」是特化範圍攻擊的招式，這招「火焰漩渦（Flame Vortex）」就是追求直線前進的招式。即使是從大海空間的海水中發射，威力也足以一路蒸發海水，前進數十公尺之遠。由於火焰沒有實體，對岩石或金屬的屏障缺乏貫穿力，但只要開出一個小小的洞，就能從洞口貫穿，一路灌進深處——

一聲爆響從頭上遠處傳來。是火焰螺旋沿著奪命擊開出的軌道前進，抵達了四十五樓而爆炸。即使有人在裂縫附近埋伏，受到這來自背後的範圍攻擊，即使並未當場死亡，應該也已經受到重創。

「Maiden，有沒有增加點數？」

黑雪公主立刻發問，謠維持長弓瞄向正上方的姿勢搖了搖頭。

「沒有……可是，有打到的感覺！」

「好，我們一口氣衝過去！大家跟我來！」

黑雪公主大喊一聲，來到大洞的正下方全力一跳。即使沒有特別突出的跳躍能力，輕量級的高等級玩家只靠虛擬角色的基礎能力，也能夠跳到一層樓的高度。

黑雪公主從邊緣還燒得火紅的大洞穿出，在上方樓層的地板上落地，楓子、晶與謠也都依序從洞口跳了上來。四人馬不停蹄地持續跳躍，沿著在中城大樓中開出的臨時坑道垂直上升。

隨著她們要去的四十五樓愈來愈近，黑雪公主也開始感受到虛擬角色的裝甲表面有種帶電似的麻刺感。

那是一種確切的預感。很類似與當初衝進四神青龍的領域時，又或者是和大天使梅丹佐的本體對峙時的感覺，但又不太一樣。這和系統上的戰鬥力無關，是一種感受得到去路上有著散發濃縮惡意者屏息以待的感覺。

但無論有著什麼樣的威脅等著她們，她們都不可能選擇退縮。

遭到Black Vise擄走的紅之王Scarlet Rain——仁子，是出於義氣才出力幫助黑之團，試圖拯救Sky Raker的「下輩」，同時也是Silver Crow的好對手Ash Roller。而且最重要的是，仁子對黑雪公主來說也已經是個非常重要的朋友。

兩年十個月前，黑雪公主拋下所有人情牽絆，任由黑暗星雲瓦解。儘管現在「四大元素（Elements）」之中已經有三個人回到軍團之中，但當時的大多數團員至今仍未出現在杉並戰區。

那也難怪，畢竟黑雪公主曾經兩度辜負了他們。

第一次是任憑激情驅使，砍下初代紅之王的首級，讓黑暗星雲與其他六大軍團完全敵對。第二次則是在禁城攻略戰以悽慘敗退收場之後，不試圖重建軍團，就逃離了加速世界。

只要黑雪公主有著堅定的意志，相信即使處在那種艱難的狀況下，依然有可能集合黑暗星雲的團員，至少勉強維持住當時大本營所在的杉並第一戰區，並試圖救出Ardor Maiden、Aqua Current與Graphite Edge。但黑雪公主並未這麼做。她拋下在四神領域逃脫過程中喪失大量點數的團員，把自己關在封閉式網路當中長達兩年以上。

將黑雪公主從這種只顧舔著自己傷口的停滯時間中拉出來的，是一隻有著白銀翅膀的小烏鴉。黑雪公主不知道多少次得到這個「下輩」的鼓勵、引導與教導。

她再也不會犯下同樣的過錯。再也不會做出拋棄同伴……拋棄朋友的事來。她要救回仁子，一定要。

「……Lotus，下一樓就是四十五樓了！」

完成第九次跳躍後，楓子以尖銳的嗓音提醒，黑雪公主回答：「知道了。」她暫時停下腳步，等隊伍最後的謠追上，然後快速下達指示：

「Raker、Current、Maiden，我們應該放在第一優先的目標，就是從傳送門回到現實世界，拔掉Rain的傳輸線。最先接觸到傳送門的人就直接脫離，剩下三人繼續搜索，以進行第二目標……破壞ＩＳＳ套件本體。遇到礙事的人就毫不留情地打倒，對動用心念也不要猶豫。」

三人強而有力地點點頭後，黑雪公主也點頭回應。她抬頭望向天花板上斷面終於冷卻下來的大洞，小聲呼喊：

「——我們上！」

黑雪公主沉腰蓄勢，右腳尖端在大理石地板上濺出耀眼的火花，實施了第十次跳躍。

＊＊＊

「生物只有兩隻眼睛……的理由……？」

美早小聲複誦了Argon Array這個唐突的問題。

現在不是在這種地方進行生物學問答的時候了，但被Argon可怕的全方位心念攻擊「無限陣列」打穿全身多處所帶來的劇痛，到現在仍然肆虐著她的虛擬神經系統，讓她暫時無法正常行動。先不說能不能行動，要是對方再用一次同樣的招式，剩下的少許體力計量表就會瞬間耗盡。

Argon不對美早施加致命一擊，反而想聊這些沒什麼意義的話題，看不出她這麼做的意圖何在。但現在——至少在疼痛稍微和緩之前，也只能將計就計了。

「……是進化過程中做出最佳化的結果。」

美早說出最常識性的答案，Argon似乎早有料到，在大型護目鏡下露出甜笑。

「這當然是沒錯啦……妳知道嗎？我們脊椎動物的祖先呢，在水底下生活的時候，頭頂有著第三隻眼睛呢。說是叫作『顱頂眼』。」

「…………」

分析者對美早的沉默顯得並不在意，饒舌地說下去：

「我們的腦子裡，也留下了這第三隻眼睛存在過的痕跡。叫作松果體，妳應該也聽過吧？這個東西啊，原本是我們的第三隻眼睛呢。似乎是我們的祖先從水中來到陸地上的時候退化掉的，但對理由好像就有很多種學說了。可是我是這麼想的，脊椎動物的眼睛啊，有三隻都已經太多了……因為眼球這種裝置啊，性能實在太高了。」

「……性能太高……？」

「對。要把眼球裡的視網膜捕捉到的光，重新建構成我們可以理解的影像，對大腦來說是非常繁重的處理工作。繁重到光處理兩隻眼睛，就已經竭盡全力。而我們實際上可以看得清楚的，不也就只有視野正中央，也就是視線集中的部分嗎？」

怎麼想都不覺得這種話題應該在無限制空間，何況還是在戰鬥中談論，但美早還是忍不住回答：

「也不是只有眼睛這樣。耳朵也只聽得見注意去聽的聲響，滋味和氣味也是一樣。」

「說得也是。可是啊，耳朵感覺的是空氣分子的震動，舌頭和鼻子捕捉到的，也都是各種分子的滋味和氣味，不是嗎？但是就只有眼睛偵測到的，是光這種粒子。雖然不確定是波還是粒子，不過比起分子可特別多了。小貓咪，妳知道嗎？光子這種東西的大小，是沒有辦法定義的。而我們的眼睛，看的就是這麼神奇的東西。」

「就算沒有大小可言，還是有能量。」

聽到美早的反駁，Argon再度露出甜笑，彈響右手手指。

「沒錯，這就是重點。光射進我們眼睛，能量會被視網膜的視覺細胞吸收，轉換成電子能量沿著視神經傳遞到大腦的視覺領域，處理成我們可以認知的影像……也就是說，最終這些光子都會消失。像聽覺和味覺，都和這種情形不一樣。空氣分子不會在耳膜消失，滋味和氣味的分子頂多也只會被分解不會消失，不是嗎？」

美早注意到分析者平常說話聲調總顯得頗為活潑，不知不覺間卻開始變得低沉而冰冷。

Argon以像是看著可怕事物的眼神，低頭朝全身裝甲上整齊排列的鏡頭——眼睛——瞥了一眼，繼續說下去：

「——可是啊，跑進眼睛的光子會消失。我們的眼睛啊……會吃掉光。這麼可怕的東西，兩隻都已經太多了。」

「結果妳到底想說什麼？」

美早讓疼痛總算開始淡去的野獸身軀慢慢壓低，準備進行跳躍，同時問出這句話。

「說得也是，要說我為什麼講這種事情講半天……」

Argon張開纖細的雙手，輕輕聳了聳肩膀回答：

「我只是在爭取時間——『眼花撩亂(Razzle Dazzle)』。」

當Argon唸出招式名稱的前半段，美早已經緊緊閉上雙眼，猛然蹬地而起。關於Argon Array這項必殺技的情報，她已經透過黑之團得知。這是一種從頭上的四連裝鏡頭發出強烈的光芒，藉以擾亂敵人視覺的障眼法。光本身沒有攻擊力。既然知道這一點，那就是搶攻的好機會。

美早朝半秒鐘前Argon所在的位置揮下右手，有如刀刃般鋒利的鉤爪擦過堅硬的裝甲……

——太淺了！

美早仍然閉著眼睛，接著又揮出左手。既然Argon在爭取到時間後反而動用障眼法類的招式，肯定表示她的心念攻擊「無限陣列(Infinite Array)」無法連續發動。雖然不知道不需消耗殺技計量表的心念攻擊之所以無法連續發動的理由，但現在只要知道這個事實就夠了。Argon的體力計量表也和美早一樣所剩無幾，只要再咬到一口就能打倒她。

但左手也同樣只淺淺劃過敵人的裝甲。

Argon的聲息逐漸遠去。萬萬不能被她給跑了。美早無可奈何地睜開眼睛一看，結果炫光雖已減弱，仍有媲美閃光手榴彈似的白光刺進雙眼。美早在這炫光後頭，看見了淡淡的灰色影子轉過身去。

「嘎嗚！」

美早一聲咆哮，猛力一跳。

但她雙手鉤爪抓到的，只有平滑的大理石。看樣子先前她所看到的，是Argon映在建築物牆上的影子。脆弱的牆壁承受不住Blood Leopard的衝鋒而倒塌，讓美早一頭撞進建築物內。

「剛剛的話題我們下次再聊囉，小貓咪。」

含笑的說話嗓音急速遠去。

不能讓她給跑了。拿下Argon以做為對加速研究社的交涉材料是美早的職責。Silver Crow就是相信Blood Leopard辨得到，才會把後續的工作託付給她，孤身去追Black Vise。

哪怕只看了一瞬間，看到「眼花撩亂（Razzle Dazzle）」閃光的雙眼仍未完全恢復。然而就像Argon自己在先前的談話中所說，人的知覺不是只有視覺。

美早以豹敏銳的聽覺捕捉腳步聲，並以四肢的肉趾捕捉地面的震動，發現Argon似乎是朝北跑開。這和Crow追著Vise而去的方位不同。雖然不知道Argon的目的地，但不管她去哪裡，自己該做的就是追上去。

美早再度穿破牆壁來到道路上之後，就放低姿勢飛奔。仍然白化的視野，分辨不出路邊的柵欄與倒塌的柱子等小型的障礙物，但她一律用頭撞碎不斷前進。由於屬於紅色系，她的裝甲不怎麼厚，但升上8級後基礎防禦力和體力都上升許多。如果只有6級，多半中了Argon的全方位雷射時就已經當場斃命。

美早長久以來一直不升級，就是為了從四神青龍的巢穴中救出冰見晶／Aqua Current。Current是美早的上輩，但同時也是黑暗星雲幹部集團「四大元素（Elements）」之一。

現在的日珥中，仍有少數團員仍然恨著讓上一代紅之王Red Rider失去所有點數而退場的黑之王——像在昨天領土戰爭中跑去攻打杉並的Blaze Heart等人，就是代表性的人物。而身屬紅之團幹部集團「三獸士（Triplex）」的美早點數已經足以升級，卻為了Current而不升級，也只能說是一種背叛軍團的行為。

但無論是紅之王Scarlet Rain，還是三獸士當中的另外兩人，都容許了美早的任性。而美早所存下的點數本應在挨了青龍的「等級吸收」後就已消滅，卻又是黑之團的「時鐘魔女（Watch Witch）」Lime Bell幫她救了回來。她是在這麼多人的支持與幫助下才終於到達8級，這個時候不發揮全力，又要留到什麼時候？

「嘎嚕喔喔喔喔！」

美早一邊飛奔，一邊發出也算是半獸人虛擬角色優勢之一的野生咆哮。偏白的視野正中央，浮現出一個紫色的輪廓。等到追上Argon就不要再說廢話，唯一要做的就是瞬間殺了她，把她變成死亡標記。

就在美早後腿蓄足力道，猛力一跳的時候，障眼法的效果終於消失。恢復了視力的雙眼，捕捉到了Argon停下腳步而轉過身來的身影。她全身長出來的鏡頭群已經消失無蹤，是放棄逃走了嗎？……不對，不是這樣。

這個苗條的虛擬角色迅速沉入地面。

大型建築物的影子延伸到Argon腳下。仔細一看，以Argon為中心，半徑兩公尺左右的範圍內，影子似乎都化為一種漆黑的液體。這暗色的沼澤已經將Argon的身體吞沒了一半以上。

擁有躲進影子這種能力的，應該不是Argon Array，而是Black Vise。雖然怎麼想都不覺得逃往完全不同方向的Vise會在附近，但或許Vise是以別的手段把自己的能力借給了Argon……還是說……？

美早在腦海角落思考這個問題的同時，盡力伸長雙手想阻止Argon逃走。

但鉤爪這次又只在她大大的帽子上淺淺劃過。

分析者嘴邊露出淡淡的微笑，全身沒入影子之中。

——妳別想跑！

美早為了跟著跳進影子裡，在著地的同時掉過頭來，毫不猶豫地將雙手伸進漆黑沼澤，就在一陣渾濁而令人不舒服的水聲中，雙手沒入到手肘附近。

但也只有這樣。不知不覺間，影子沼澤的直徑已經縮小到比美早的肩寬還窄。不但虛擬角色的手肘卡在洞口而鑽不進去，持續縮小的洞口更以無從抗拒的強大壓力擠壓她的雙手。

「變形(Shape Change)！」

美早喊出語音指令，從豹形變回人形。她想讓虛擬身體變小一頭鑽過，但洞口縮小的速度比她更快，這次是雙肩卡在洞口，讓她進不去。

這多半是Black Vise事先就在這個座標上創造出來的定時式空間轉移入口。Argon之所以要講那些話來爭取時間，多半是為了配合入口消失的時機。要是讓洞口就這麼關上，追蹤手段將就此消失。

「咕……嗚……！」

美早卯足全力，想撐開影子洞口。然而洞口縮小的力量壓倒性地強，雙手裝甲當場龜裂，體力計量表又被削減得更少。

剩下的手段只有一種。就是再度變身成豹，用把自己化為砲彈的必殺技「流血砲擊」衝進入口。

使用那一招將使自身受到莫大的反作用力損傷，體力計量表所剩無幾，很可能會承受不住。但她別無選擇。就算不用這招，也只會被縮小的洞口扯斷雙臂而死。

「變……」

就在她以沙啞的嗓音正要唸出變身指令之際……

背後聽到兩人份的腳步聲與喊聲。

「Pard小姐！」

「Leopard小姐！」

不用轉頭去看，也知道是黑暗星雲的Lime Bell與Cyan Pile。她暫停變身回頭大喊：

「幫我撐開這個洞！」

兩人分別在美早左右兩側停步後，似乎瞬間理解了狀況。Lime Bell立刻蹲下來，想將雙手伸進洞裡，但Cyan Pile阻止了她。

「慢著，Bell！Leopard小姐，這裡請交給我！」

這個大個子的藍色系虛擬角色，將裝備在右手上的打樁機型強化外裝對準入口擺好架式，接著大喊：

「我數到零就請妳從洞口退開！三、二、一……」

一旦抽出雙手，入口多半會在幾秒鐘內關閉並消失。但美早揮開剎那間的猶豫，在聽見他喊「零！」的同時跳開一大步。Cyan Pile踏上一步，來到她讓出來的位置，喊出了她陌生的招式名稱。

「──『螺旋重力鎚（Spiral Gravity Driver）』！」

就在強化外裝砲口內藏的鐵樁收納進去的同時，砲管應聲擴大。一陣藍色閃光中射出來的，是一根直徑達到鐵樁兩倍以上的電動鎚鑽。劇烈旋轉的鋼柱被夾在即將關上的入口，發出異樣的聲響而停止。

但這陣寂靜立刻被打破。鎚鑽的出力壓過入口的壓力，一邊濺出大量的火花，一邊開始旋轉。隨著鑽頭愈鑽愈深，洞口周圍也迸出放射狀的裂痕。

「喔……喔喔喔……」

Cyan Pile大聲吼叫的同時再加把勁，右手猛力往下一壓。一陣像是空間本身遭到破壞似的異樣巨響響起，入口的邊緣粉碎四散。

洞口被這一下破開到直徑將近有兩公尺之寬，裡頭充滿了黏液狀的黑暗。Cyan Pile用力過猛，整個人眼看就要跌了進去，美早抓住他的雙肩，大喊：

「ＧＪ！剩下就交給我！」

說著朝洞口縱身一跳。就在液體化的黑暗淹沒到胸口時，Pile和Bell相視點頭，跟著美早跳了下去。

雖然不知道這入口通往何處，但既然Argon會試圖防止他們追蹤，就很可能是通往加速研究社的重要據點。那兒的危險比起中城大樓，多半是有過之而無不及。

但美早尚未說話，Lime Bell就毅然喊道：

「我們也一起去！誰叫我們……」

Bell說到這裡，美早的頭已經完全被黑暗吞沒，再也聽不見她說什麼。但美早用心靈的耳朵，聽到了「是同伴」這後半句話。

影子隧道開始將三名入侵者沖往別處。視野被淹沒成全黑，聽覺也完全被堵住。即使伸出手去，手指也摸不到任何東西。美早也只能任由急流沖走，祈禱不要和Pile他們分開，祈禱還來得及追上Argon。

當然，也要祈禱能夠順利救出紅之王Scarlet Rain……救出仁子。

不，只祈禱是不夠的。她必須卯足所有的智慧與力量，將願望化為現實。

美早縮起身體，任由這條沒有光的水路將自己帶往他方，並在心中強而有力地發下誓言。

＊＊＊

東京中城大樓四十五樓。

在現實世界中，這裡應該是超高級大飯店的大廳。而加速世界似乎也反映出建築物的原有構造。當黑雪公主等人從地板洞口衝進來，一片有著方形柱子排列得井然有序的寬廣空間就映入她們的眼簾。

迅速察看完地形的同時，將意識切換到搜敵模式。這個樓層的光線很昏暗，四周的牆壁都落在陰影中，但至少看得見的範圍內並沒有任何在動的物體。然而從樓下發射「火焰漩渦（Flame Vortex）」的謠說「有打到的感覺」，所以肯定有人潛伏在這個樓層。

用遠程攻擊打中目標時那種「打到的感覺」，在現實世界中也許屬於比較超自然的第六感，但在這個世界裡卻有著確切的根據。只要遠距離攻擊命中公敵或對站虛擬角色，哪怕是在視野外命中，必殺技計量表都會增加，而且增加的量與破壞地形物件時有著相當明顯的差距，謠這樣的老手不可能看錯。

而謠跟在楓子與晶後頭，從地板的洞口跳上來時，立刻就把火焰箭搭上了左手的長弓備戰。她多半是預料到一上來就會發生戰鬥，但注意到並未有敵人出現，有些困惑地輕聲說：

「……我從樓下放箭的時候，很肯定有傷到東西……」

「妳的點數沒增加，對吧？」

楓子小聲一問，巫女型虛擬角色就點點頭回答：

「是。這人不是受到損傷就撤退……就是……」

「躲在暗處。」

晶接下這個推論，讓水藍色的鏡頭眼迅速往前後左右掃動。但就連敏銳的她，似乎也找不出敵人。

黑雪公主思索了一瞬間後，對她們三人說：

「沒關係，我們的最優先目標是迅速脫離。管他有沒有埋伏，衝進傳送門就對了。」

「我贊成。可是，有一個問題。」

「Current，什麼問題？」

「該有傳送門的地方，沒有傳送門。」

黑雪公主沒料到Aqua Current會說出這句話，盯著她的臉細看。以狀似水晶的透明材質構成的面具朝向樓層南方。

「以前我曾經從這裡離開好幾次，所以不會弄錯。中城大樓的傳送門，應該就位於四十五樓南側牆壁的牆邊。」

黑雪公主和謠與楓子同時順著晶的視線望去，凝視五十公尺前方的暗處。傳送門理應會發出特有的持續脈動式藍色光芒，但她們連反射的光都看不見。吸引住她們目光的，是一道直線橫過樓層正中央的焦黑裂縫。

「難道……梅丹佐的雷射被反射回去，破壞了傳送門……？」

聽到楓子的自言自語，黑雪公主由於震驚過度，反駁時忍不住加大了音量。

「不可能！無限制空間的傳送門不可能破壞，也不可能移動。哪怕整棟建築物都被破壞，傳送門應該也會留在固定座標！」

「我也這麼覺得，可是……」

就在這時——

晶一直在凝視原本設置傳送門的位置，這時忽然尖銳地低聲喊道：

「慢著。有東西……那裡有東西。」

「……有東西……？」

黑雪公主與楓子同時再度望向樓層南方，把所有注意力集中在雙眼。視野中的對比度上升，讓先前融入濃濃黑暗中的物體慢慢浮現出輪廓。

這個物體很大，全長將近三公尺。形狀看似球體，但從這個距離也看不出別的跡象。

「……Maiden，麻煩妳朝那一帶的牆壁發射火焰箭。」

謠點頭回應黑雪公主的指示，舉起了長弓。往斜上方發射出去的火焰箭劃出一道弧線往前飛，穿刺在南側牆壁的高處，橘色的光芒驅開了黑暗。

「那……那是……什麼東西……？」

以沙啞嗓音發出驚呼的是楓子。其餘三人連聲音都發不出來，只震驚得瞪大眼睛。

這個物體穩穩盤踞在斷開樓層的裂縫右方將近十公尺的地板上。

黑雪公主最先想到的詞彙是「腦髓」。整個巨大的球狀物件表面，有著迷宮般錯綜複雜的凹凸紋路。這些爬遍整個球面的細小網狀紋路不停地脈動，令人無法不去聯想到生物……不，應該說是無法不聯想到人類的腦髓。

但球體的顏色是吸收所有光線的消光黑，前方有著一道橫向的深層裂痕。如果是仿人腦，應該不是分成上下，而是分成左腦與右腦。而這樣的差異更讓這個物件令人毛骨悚然，讓人感覺它彷彿是一種很類似人類，卻有著決定性差異生物的大腦——

想到這裡，黑雪公主才總算注意到。

潛伏在黑暗中脈動的巨大大腦。這個概念早已存在於黑雪公主心中。雖然她並未直接看到，卻已經從Silver Crow與Lime Bell口中聽過詳細的報告。也就是關於他們說在「BRAIN BURST中央伺服器」中遭遇到的，蔓延於加速世界當中的黑暗之力根源。

「……難道說，那就是………」

黑雪公主以幾乎不成聲的嗓音說到這裡，楓子就接著說：

「……ＩＳＳ套件的本體……？」

本以為巧妙隱藏在中城大樓巨大空間之中的最終目標——雖然現在的優先順位已經降到第二——竟然就這麼毫不設防地設置，不，應該說是棄置在這裡，讓她們一時間難以置信。認為這是敵人用來引入侵者掉進圈套而設置的冒牌貨，應該是比較合理的推測。但黑雪公主的視覺與直覺，都強烈地告訴她這就是真正的套件本體。若這巨大腦髓是隨便拼湊起來的物件，絕對無法滲流出這種妖氣般的沉重壓力。

晶與謠以沙啞的嗓音對黑雪公主的直覺表示贊同。

「……我想，應該是真貨。」

「我的感覺也是這樣……」

「……唔……」

黑雪公主點點頭，先將震驚擺到一旁，迅速運轉思緒。

如果這個巨大腦髓就是ＩＳＳ套件的本體，就應該迅速加以破壞。這樣一來，寄生在Ash Roller以及其他許多超頻連線者身上的套件終端機就會全部消滅，當前的危機也將離開加速世界。這正是黑暗星雲與日珥組成聯軍進行的連續任務所要達成的最終目標。

但相對的，黑雪公主等人又必須分秒必爭地去到傳送門，在現實世界拔掉接在仁子神經連結裝置上的傳輸線。即使成功破壞套件本體，若代價是導致紅之王損失所有點數，紅黑兩軍團多半將會受到更甚於ＩＳＳ套件蔓延到整個加速世界之上的毀滅性打擊。不管是從內或從外兩種觀點都不例外。

如果晶說得沒錯，中城大樓的傳送門已經消失，那麼她們就應該立刻離開大樓，前往第二近的登出點所在的六本木山莊大樓。但如果她們選擇離開，下次再回到這裡時，ＩＳＳ套件還會像現在這樣毫不設防嗎？雖然也可以先試著攻擊，觀察是否能在短時間內破壞，但怎麼想都不覺得有辦法看到這個物件的體力計量表，而且這一擊也可能導致事態往她們意想不到的方向演變。

黑雪公主面臨的這個二選一難題是不容犯錯的，相信其餘三人也感受得到她的苦惱。楓子走向她身邊，以迅速但平靜的語調輕聲說道：

「小幸的選擇，就是我們的選擇。不管造成什麼樣的後果，這一切我們都會和妳一起扛下去。」

晶與謠也都從鏡頭眼上發出堅定不移的光芒，深深點頭。

黑雪公主點頭回應，對信賴的同伴們說出了她的選擇：

「我們立刻前往六本木山莊大樓。直線距離是七百公尺，傳送門位於四十九樓。我們要在五分鐘內抵達。」

「「「了解！」」」

三人應答的聲音推了黑雪公主一把，讓她往南邁出腳步。六本木山莊大樓位於東京中城大樓的西南方，與其先下到地上，多半還不如請楓子用能量應該已經恢復到一定程度的疾風推進器載著大家能飛多遠就飛多遠。

四人開始沿著梅丹佐的雷射在大理石地板上劃出的南北向裂痕奔跑。

就在她們在五十公尺寬的樓層中跑過一半左右的時候——

盤踞在去路右側的巨大腦髓發生了變化。

「蓮姊！」

聽到跑在最後面的謠大喊，黑雪公主反射性地轉頭一看，結果看見——

從漆黑的大腦前方水平劃過的裂痕，慢慢往上下張開。

起初她以為這個大腦不是分成左腦與右腦，而是「上腦」與「下腦」。但看樣子只有腦的表面在動，錯綜複雜的凹凸紋路擠得起了縐折而疊起，讓藏在內部的東西慢慢露了出來。

「不要停下腳步，直接跑過去！」

黑雪公主呼喊之餘，卻也沒辦法將視線從腦髓上移開。

令人意外的是，往上下滑開的外膜內側是有著光澤的曲面。看來這個球體的質感類似沾濕的玻璃，只是外層包著一層腦髓。露出部分的中央呈鏡頭狀隆起，從內部發出朦朧的光芒。

這個直徑怕不有一公尺半的鏡頭部分忽然動了。腦髓內部的整個玻璃球體往上下左右轉動，動作非常有生物的感覺，讓人產生一種難以言喻的嫌惡感。

沒過多久，鏡頭大大往左一轉，聚焦在奔跑的四個人身上。

這一瞬間，黑雪公主察覺到了。

那個大型物件不是腦髓，而是眼球。橫向的裂縫也不是大腦的縱裂，而是眼瞼。露出的玻璃質球體是眼白，正圓形的鏡頭則是眼黑。巨大的眼球蘊含著某種意志，看著黑雪公主等人。

相當於眼黑的鏡頭正中央，存在著像是爬蟲類會有的縱向瞳孔，由內而外滲出搖曳的藍色光芒。相較於醜惡到了極點的眼球造型，內部滲出的光芒卻格外清澈，令人覺得眼熟——一種會引發鄉愁般情懷的清澈藍色。

「慢著。」

發出輕聲呼喊的是Aqua Current。她很少發出這麼僵硬的嗓音，讓黑雪公主、楓子與謠都停下了腳步。

「Current，妳怎麼了？」

晶並未立刻回答楓子的疑問，視線一直對在巨大眼球上。幾秒鐘後，她以更迫切的嗓音說：

「……那個眼球裡面……有傳送門。」

「咦咦！」

「這……！」

楓子與謠同時驚呼出聲。黑雪公主屏住氣息，再度仔細觀察鏡頭內側。將這呈現週期性脈動的聲響與光芒，與過去無數次跳進傳送門時留下的印象比對。色彩、搖動情形、大小。一切都與記憶中的模樣分毫不差。

「……是真的……那是傳送門的光！」

謠以細小的聲音呼喊。黑雪公主，還有楓子，多半也都找不出足以否定她這句話的根據。

「可……可是……用物件包住絕對不容侵犯的傳送門，真的可能發生這種情形嗎……？」

楓子在黑雪公主茫然問出的這個問題上，加上了自己的疑問：

「真要說起來……這ＩＳＳ套件本體，在系統上到底屬於哪個分類……？從形狀來看，多半不是對戰虛擬角色或公敵，但如果是強化外裝等各種物品，應該就會在變遷的同時消失才對吧……？」

聽她這麼一說，就覺得的確沒錯。假設這個漆黑的巨大腦髓狀眼球型物件是加速研究社打造出來的，然後就這麼放置在無限制空間中，那麼等到切換空間屬性的變遷來臨，物件應該就會被強制消除。若想避免這種情形，就必須在察覺到變遷發生的瞬間，將物件收回物品欄(Storage)內，等屬性變遷結束後再讓物件實體化。而且這種操作必須半永久性地持續進行。算來每七天就至少必須進行一次——現實世界則是每十分鐘一次——考慮到變遷發生的頻率，這麼繁複的維護工作實際上是不可能持續下去的。

眼下的狀況充滿了疑點，然而……有一件事她能夠立即斷定。

「……無論這眼球屬於哪一種物品分類，既然傳送門就位在眼球裡面，那我們就必須改變方針。」

黑雪公主將震驚與困惑拋到意識之外，以蘊含力道的聲調說：

「我們現在就立刻破壞這個噁心的眼球……破壞ＩＳＳ套件本體，然後從露出的傳送門離開無限制空間。Raker、Current、Maiden……」

她雙手劍高聲一劃，喊道：

「這裡就是我們的決戰戰場！準備攻擊！」

三人再度回答：「了解！」答話的聲音有著兩倍於先前的決心，驅開了整個樓層的黑暗。

她們組成由黑雪公主領頭，楓子在右、晶在左、謠殿後的隊形，與盤踞在二十公尺前方的巨大眼球對峙。玻璃質感的眼珠仍然從縱向開口的瞳孔內滲出搖曳的藍光，以不含絲毫情緒的無機視線回望她們四人。

不對。

眼球忽然間微微瞇起上下眼瞼——它笑了。至少看起來是這樣。

影子般的波動從直徑長達三公尺的巨大身軀中迸射而出。一接觸到這陣波動的瞬間，黑雪公主立刻懂了。眼球的內部充滿了龐大的惡意。追求破壞、哀嚎與殺戮的欲望，化為黑濁的液體充滿在眼球之中，幾乎隨時都會噴射而出。

從瞳孔滲出的傳送門藍光，突然轉化為血一般深黑的紅色。

包裹住眼球的腦髓組織表面，在一陣啵啵聲中冒出了許多顆瘤。這些像潰瘍的隆起立刻像氣球一樣膨脹，然後一齊炸開，從內部噴出黏液與奇怪的物體。

那是一個個約有二十公分大的小型眼球。瞳孔和本體一樣發出渾濁的紅色光芒，下半部長出幾根細長的腳。這些眼球一落到地上，就以細長的腳迅速爬來爬去，模樣像是某種昆蟲，數量多半超過十隻。

「我……我剛才用『火焰漩渦（Flame Vortex）』燒到的大概就是這個！」

謠舉起長弓瞄準的同時，發出有些破音的說話聲。她的信條是對所有生物都要抱持敬意，但對這種長腳的眼球似乎還是掩飾不住厭惡。而且嚴格說來，這些小型眼球並不是加速世界的小型生物。

「小心點，這些傢伙多半就是ＩＳＳ套件的終端機！一旦被它們碰到，就有被寄生的危險，要在被接近之前就全部破壞！」

黑雪公主的指示成了導火線，先前只在套件本體四周胡亂竄來竄去的小型眼球，開始一起朝她們四人跑去。

謠接連鳴響長弓的弦。射出的火焰箭都確實射穿套件終端機，讓牠們著火，但弓箭的連射速度終究有其極限。當第四隻眼球著火時，已經有加倍的眼球跳過這些火焰，張開細得像針的腳飛撲而來。

黑雪公主舉起右腳劍，瞄準最左邊的眼球後大喊：

「『死亡彈幕（Death By Barraging）』！」

她以快得連自己也看不清楚的速度，以右腳發出散彈般的「散踢」。眼球一觸到這每秒高達一百發的連擊效果範圍，就灑出紅光爆裂四散。

黑雪公主以插在地上的左腳劍尖為支點，讓身體往右旋轉。連擊的風暴拖出灰色的殘影流動，接連轟掉撲過來的眼球。ＩＳＳ套件以壓倒性的力量讓加速世界陷入一片混亂，但終端機本身似乎無法使出遠近兩種心念攻擊，除了試圖以觸手接觸虛擬角色而寄生以外，別無其他攻擊方法。

黑雪公主以必殺技破壞第七個眼球，楓子也以右腳尖銳的鞋跟插穿最後一個眼球。Sky Raker的拿手招式是行雲流水般的掌擊，但就連「鐵腕」似乎也不想用空手打爛這些眼球。

儘管本體產生出來的一打眼球在不到十秒鐘之內就全數遭到殲滅，但說起來在系統上單純只是強化外裝的ISS套件會這樣擅自展開行動，這件事本身就令人難以置信。雖然也有像「災禍之鎧」這種強化外裝本身就擁有意志的案例，但就連那可怕的鎧甲應該也無法獨自活動，一定需要有宿主。

ISS套件到底是什麼東西？加速研究社到底是用什麼樣的手段創造出了這種東西？

黑雪公主的心思差點又困在疑問之中，這才猛然回過神來大喊：

「趁新的一批眼球出現前就毀掉本體！所有人準備全力攻擊！」

這種情形下的全力，意味的是全力動用心念系統的最大火力攻擊。

在無限制空間貿然動用心念會引來大型公敵，但既然是在高層大樓的四十五樓，基本上就不必擔心這種情形。另外若對超頻連線者動用心念攻擊，就有可能迷上以壓倒性力量逼迫敵人屈服的萬能感，掉進「心念的黑暗面」，但既然目標是沒有靈魂的眼球，這方面的問題也就不大。

四人各以不同顏色的過剩光，將大理石地板染上各種顏色，同時算準讓攻擊齊發的時機動手。

就在黑雪公主深深吸一口氣，準備喊出這句話的瞬間——

空曠的樓層內，傳來一個男性型對戰虛擬角色顯得有些悠哉的說話嗓音。

「妳還是一樣毫不留情。看到妳跟那個時候沒有半點兩樣，我可不知道有多高興啊。」

「……是誰！」

黑雪公主並未下達開始攻擊的號令，轉而喝問這人是誰。這個在現實世界中是飯店大廳的樓層裡，有著無數根巨大的柱子。不但多得是地方可以躲，而且聲音迴盪的方向十分複雜，很難從聲音來源掌握到位置。

但黑雪公主還是感覺到了。感覺到聲音是發自ＩＳＳ套件本體。

她的直覺只對了一半。

一個對戰虛擬角色踩出喀喀作響的堅硬腳步聲，從巨大眼球後方走了出來。

先前那種套件的終端機在本體周圍四面八方竄來竄去。這個說話的人當然應該也位於終端機的反應範圍內，但卻沒受到它們攻擊，唯一的可能就是這人是已經裝備了終端機的ＩＳＳ套件使用者——也就是敵人。那麼她們就應該立刻以全力攻擊，將他連人帶套件本體一起破壞。

然而一看到從眼球後方現身的虛擬角色所露出的一隻腳，這一瞬間，理智所下的這個判斷立刻被拋諸腦後。

這隻腳上有著長靴型的裝甲。

腳跟處延伸出尖銳的馬刺。

而為這些配件賦予的色彩，是純粹得無從比喻的——

紅色。

「…………這……怎麼可能？」

說這句話的是楓子、是晶，還是謠？黑雪公主也試著從喉嚨擠出這句話，但虛擬角色的嘴完全僵住不動。

喀、喀、喀。

附有馬刺的長靴，又踩響地板三次之後停了下來。

這個男性型虛擬角色把左肩靠上ＩＳＳ套件本體的腦髓狀外皮，右手掀起頭上牛仔帽的帽簷打了聲招呼。

「喲，好久不見啦，Lotus。」

黑雪公主在徹底麻木的意識中，聽見自己的嘴發出破裂的嗓音。

「…………紅之王…………Red Rider…………」

3

「小……小百、阿拓，你……你們怎麼會在這裡？」

即使四周沒有任何人，在加速世界裡都要極力避免有可能導致現實身分曝光的稱呼，這是超頻連線者應有的素養，但春雪實在太過震驚，忍不住連續喊出兩次兒時玩伴的本名。

結果還壓在Cyan Pile身上的Lime Bell亮起鏡頭眼，盯著他回答：

「那還用說嗎？『Crow』。當然是和Pard小姐一起來救你的啊。」

接著被壓在下面的Pile說：

「其實嚴格說來，我們是追著Argon Array來的就是了。」

「……Pard小姐？Argon？」

春雪聽完他們兩人說的話，四處張望了一會兒。但空曠的大廣間裡，怎麼找都找不到Blood Leopard和Argon Array的身影。即使重播腦中幾秒前的記憶，還是覺得從影子通道裡跳出來的應該只有Pile跟Bell兩人。

「……這裡好像只有你們兩個在耶……」

「咦？」

聽春雪指出這一點，千百合從拓武背上跳了下來，同樣往大廣間內四處看了看。

「咦？奇怪了……先不說Argon，至少Pard小姐應該是和我們一起掉進地上的洞，在裡面移動的時候也離我們很近……」

接著起身的拓武也讓視線往四周掃動，說道：

「說起來，這裡是哪裡啊……？」

「我也不敢確定，不過我想大概是加速研究社的大本營……」

春雪回答到這裡，純白的立體圖示就從他背後輕飄飄地繞到前面，頻頻閃爍著燐光說：

「要交換情報是你的自由，不過你現在應該有優先順位更高的任務要處理吧？」

「咦……啊，對……對喔！」

春雪慌張地一喊，朝大廣間裡往上的樓梯看了一眼。他被千百合與拓武唐突的出現嚇了一跳，不由得停下腳步，但現在並不是悠哉談話的時候。他必須分秒必爭地去追幾分鐘前從這裡通過的Black Vise，把仁子給救回來。

「Crow，這小不點是什麼？」

千百合不可思議地歪了歪頭，伸手就要去摸圖示，春雪急忙抓住她的手。從他們兩人的反應來看，他們多半聽不見剛才那句話。春雪完全無法預測如果在這個狀況下，說出這個圖示的真身是神獸級公敵——大天使梅丹佐，他們兩人將會有什麼樣的反應，所以一邊開始移動一邊說道：

「關……關於這個，我以後再跟你們說明。現在更重要的是，Black Vise應該就在前不久才從這個樓梯經過，Rain還在他手裡……」

「這你要早說啊！」

千百合這麼一喊，反而拉著春雪的手開始往前跑。再度沉默的立體圖示飛在他右側，左側則有拓武一邊奔跑一邊推敲狀況：

「我想我和Bell、Pard小姐，還有Argon通過的影子通道，應該是Black Vise事先設置好的。說不定在無限制空間中有些無論屬性如何變遷，都一定會有影子的地方……例如高架道路或高架鐵軌的下面，也就是一種『萬年影』當中，就常態性設有地下通道。如果真是這樣，會在途中分歧也就沒什麼不可思議的了……」

「這麼說來，Pard小姐和Argon是在中途進了其他通道？」

春雪這麼一問，拓武就把脖子轉往有些微妙的角度。

「這終究只是可能性……不過，即使真是這樣，我想幾乎每一條通道應該都還是通往他們的大本營吧。所以到了這個時候，Pard小姐應該也已經出現在這棟建築物內的另一個地方在找紅之王了。所以我想只要我們去追Vise，遲早總能會合的。」

「……你說得對。如果Pard小姐在這裡，應該就會說：『你們先別管要不要跟我會合，優先去救Rain』。」

春雪深深點頭這麼一說，跑在前面的千百合就一瞬間回過頭來表示：

「你這假設根本不能成立吧！好啦，動作快！」

三名5級超頻連線者與一隻神獸級公敵（的一部分），以全速跑上了大廣間前方的樓梯。

這條大理石砌成的樓梯超乎想像的長。

每隔二十階就有個平台，讓人在平台上轉向，再往反方向跑二十階，但這樣的過程反覆了好幾次，仍然遲遲未能抵達接下來的樓層。這樣的情形令春雪他們想起自己住的公寓大樓逃生梯，但這裡遇到的每個平台都沒有門，也只能不斷往上爬。

無限制空間內的建築物，原則上都會重現出現實世界中存在於同座標的建築物結構，但現實中真有這麼長的樓梯存在嗎？如果是高層大樓，照理說每一處平台都會有門，而像東京鐵塔遺址那麼高的大樓，則可能會往地下挖出很深的垂直坑洞——

春雪用一半的心思想著這些念頭，同時用另一半聽著兩名兒時玩伴的對話。

「……說到這個，Pile，剛剛你用來撬開影子通道入口的那招必殺技是你新學的？我還是第一次看到耶。」

聽千百合問起，拓武用左手搔著後腦杓回答：

「這個嘛，那招是升上3級時選的獎勵，所以我學會那招已經超過一年了。」

「咦～那你怎麼不盡量拿出來用！能在地面打出那麼大一個洞，攻擊力一定相當高吧？」

「嗯～其實我是學會之後才知道……那招只能往和地面垂直的方向發射，很難有機會用到。實質上等於是對倒地敵人追擊專用的，可是發射前的起手動作很長，所以常常被閃開……一旦被閃開鑽頭就會插在地上，讓我整個人動彈不得，只能乖乖挨對方一大串反擊……」

「哦～？虧這招的特效和名稱都那麼帥氣。」

春雪心有戚戚焉地想著，這正是必殺技的陷阱啊。

春雪直到升上5級的現在為止，都把所有升級獎勵拿去選「強化飛行能力」，但要說他每次都不會掙扎，那就是騙人了。每次在系統畫面中出現的四項獎勵之中，一定會有一招必殺技，而且無論是以簡單輪廓顯示的攻擊動作，還是令人覺得喊起來一定很痛快的招式名稱，都會對春雪產生強烈的誘惑。要不是有他敬愛的「上輩」兼師父黑雪公主的教導，也許早已輸給這樣的誘惑一兩次，甚至是三四次了。

根據以前拓武稍稍透露的說法，他把從2級到4級的升級獎勵，全都拿去學必殺技，是他「上輩」的指示。

但那種只是和黑雪公主對春雪的教導不同，不是引導他自己徹底想個清楚，找出自己的答案，而是絲毫不把拓武的猶豫放在眼裡，劈頭就命令他這麼選。春雪不想把好友的「上輩」說得太難聽，但總覺得這多半不能說是教導。

而拓武的「上輩」明知這個「下輩」陷入點數枯竭的危機，卻不去幫他，反而拿他當實驗「開後門程式」的白老鼠。最終這個人的惡行遭到舉發，在藍之王Blue Knight的「處決攻擊(Judgement Blow)」下，離開了加速世界——

最後拓武說了這幾句話。

我很感謝那個人選我當「下輩」，為我打開了加速世界的門。無論是所有升級獎勵都拿去學必殺技，還是輸給開後門程式的誘惑，全都是我的選擇，我的責任。

可是，我也不能說完全沒想過……想過如果能把這一切都從頭來過該會有多好……

「——阿拓，路還長著呢。」

春雪一步兩階地跑著樓梯上樓，特意用本名叫他。

「對戰虛擬角色會進化成什麼樣子，不到高等級是不會知道的。而且阿拓你那招必殺技一旦打中，就強得亂七八糟啊。我自己就挨過那招，所以我不會說錯！」

春雪一邊回想起他在第一次對戰中，被這招從五層樓的醫院屋頂被打到一樓的情形，一邊喊出這句話，跑在他左邊的大型虛擬角色從有著成排細縫的面罩下發出苦笑。

「你就饒了我，別再提這件事了吧。不過既然小春這麼說，以後我會多花點心思想想可以

——仁子，妳等著，我一定會把妳救出來。

——還有綸同學也請再忍耐一下。等我回到中城大樓，一定立刻去破壞ＩＳＳ套件本體。

春雪先在心中朝她們兩人發出堅定的思念，然後快速對同伴們下達指示：

「這棟建築物有他們馴服的公敵在巡邏，一旦察覺到有公敵，麻煩立刻告訴我。」

「包在我身上！」

「了解！」

「也好。」

儘管多了一個意料之外的回答聲，但春雪告訴自己也差不多該習慣了，壓低聲音喊說：

「好，我們上！」

春雪鑽過方形的開口踏進通道，一邊警戒四周，一邊儘可能加快腳步奔跑。跑了三十公尺左右，就來到一處往右的轉角，於是他先停下腳步窺探，然後一口氣衝出去。

這一衝出去，一陣淡淡的橘色光芒就映入眼簾。

光源來自這條長通道左側成排的縱向長窗。

不是陽光直接射進，而是晚霞的暮光經多雲的天空反射，從窗戶斜斜落到地板。另一邊的牆上則等間隔地設有許多玻璃窗與大型的滑動式門板。

明明是第一次踏進這個地方，對這樣的光景卻硬是覺得似曾相識。理由就集約在背後的千百合說出的短短一句話。

「咦……這裡，是學校……？」

這的確只可能是學校的走廊。右手邊牆上門窗的排列方式，也顯然與教室相同。

從邪惡組織的大本營突然被拉回日常的空間，讓春雪有種不舒服的感覺，但仍然慎重地往前走上幾公尺，往左邊的窗戶看出去。

透明的玻璃窗外，有著好幾棟明明有著黃昏空間下特有的神殿風造型，卻絲毫不見崩塌跡象的大型建築物。這些建築物後方，則有著一大片一望無盡的半毀遺跡群，遠方還可以看見一座細細的高塔高得幾乎通天。

「……咦，那該不會是東京鐵塔遺址……？」

聽到春雪這麼說，在他右邊從窗戶看出去的拓武也點了點頭。

「好像是。從太陽的位置和東京鐵塔的大小來看，這棟建築物的位置應該位於東京鐵塔的西南方，我算一下……大概兩公里左右吧……」

春雪本想用腦內展開的東京地圖，來比對拓武的目測數據，但他對東京都二十三區的南側一點也不熟。明明在幾個小時前，才從東京鐵塔遺址的頂端眺望過這個方向，但從空中鳥瞰和從地上仰望感覺完全不一樣。

這時不知不覺間已經站在他左邊的千百合，以沙啞的聲音說：

「從芝公園往西南方兩公里的學校……這，難道說……這個地方是……」

但春雪沒能聽她說完這句話。

因為他們三人同時注意到走廊前方傳來一陣沉重的地動聲。錯不了，就是春雪在地下遭遇過的騎士型公敵所踏出的腳步聲。由於樓梯只有一條，不可能在不知不覺間被追上，所以這個騎士公敵應該是另一個個體。這麼一來，這個公敵的頭上應該也戴著馴服用的銀冠，除非破壞銀冠，否則也無法請梅丹佐解除公敵的攻性狀態。

有三個人的戰力，要破壞銀冠應該也不算太困難，但這次應該儘可能避免不必要的戰鬥。春雪打算先出建築物再說，於是右手按上眼前的玻璃用力一壓。

但這看似只有兩三公釐厚的玻璃只微微晃動，連一道裂痕都沒出現。春雪不由得暗自嘀咕，心想明明是黃昏空間怎麼還這麼硬，再看到飄在身邊的立體圖示一副拿他沒輒的模樣閃爍，然後他才驚覺過來。雖然不知道機制上是怎麼運作的，但地上部分的建築物就和地下樓層的地板與牆壁一樣，處於完全受到保護的狀態。

拓武看到春雪的動作，把右手的打樁機對向窗戶，但春雪拉住他的左手制止他。

「這整棟建築物都沒辦法破壞，還是躲進教室等公敵走過去吧。」

春雪說完才注意到教室的門也可能上了鎖，但這時千百合已經拉開了走廊另一側牆上的拉門。

「快點快點！公敵已經很近了！」

朝走廊前方一瞥，就在從窗戶照進的微弱光線後方，看到一個高得幾乎碰到天花板的巨大影子。春雪趕緊與拓武一起衝進房間，小心翼翼地悄聲關上門。

公敵主要的搜敵手段——雖然這個情形下的「敵人」指的是對戰虛擬角色——會隨種類而異。獸類是靠氣味、昆蟲是靠震動，甚至有些種類會以神祕的超感知能力直接鎖定搜敵範圍內的虛擬角色，但人形公敵基本上都是依靠視覺與聽覺來搜敵。也就是說，只要躲起來不發出聲響，公敵不發現他們而直接走過的機率絕對不算低。

門內的房間配置，和走廊一樣讓人強烈聯想到教室。雖然不至於連講台和置物櫃都重現出來，但仍然井然有序地排出了六排大理石長桌。他們三人緊貼在長桌邊躲藏，仔細傾聽慢慢接近的腳步聲。

就在沉重的震動即將來到教室前方時，春雪瞪大了眼睛。連大個子的Cyan Pile都以倒地姿勢勉強躲在桌子後面，白色的立體圖示卻在附近的長桌上方飄來飄去。這樣從走廊上隔著窗戶都能一眼就看出有東西。春雪趕緊伸出右手，一把將圖示抓到身體下方抱住。

「無禮！馬上放開你的手！」

緊接著就在腦中聽到梅丹佐斥責的聲音，但春雪牢牢握住圖示，小聲說：

「對不起，妳安分一下就好！」

「這棟宅第有著規格外強度的理由……」

梅丹佐這一發話，拓武與千百合嚇了一跳似的上身後仰，但她並不介意，繼續說道：

「多半是因為整棟宅第，設定了由和你們同樣的小戰士優先的所有權。」

「咦……」

看來拓武似乎暫時不打算追問這個圖示到底是什麼人，只聽他迅速反問：

「請問，這意思也就是說……這裡是玩家住宅了？」

拓武的口氣會變得比較有禮貌，多半是下意識中感受到了梅丹佐的資料壓。千百合則以一貫的口氣低聲說：

「不會吧？這麼大一間學校，全都買下來了……？」

春雪晚了他們兩人半秒，歷經推敲↓理解↓震驚的程序，在護目鏡下把兩隻眼睛瞪得不能再大。

無限制中立空間的玩家住宅——舉例來說，就像Sky Raker那間蓋在東京鐵塔遺址頂上的「楓風庵」——的確會被賦予無法破壞的屬性。但就春雪所知，玩家住宅只會存在於偏僻的地方，而且標準的大小頂多也只有兩房一廳左右，他從不曾聽過像學校這種規模的一整棟建築物都屬於特定玩家的情形。如果系統允許玩家這麼做，相信黑雪公主早就把整個梅鄉國中給買了下來。

但從某個角度看，梅丹佐可說是無限制空間的支配者，怎麼想都不覺得她會弄錯，而且這樣一想也就可以理解為什麼牆壁與窗戶會有這種壓倒性的強度。春雪決定當下應該全面相信梅丹佐，於是迅速問道：

「既然這裡是玩家住宅，那有辦法可以通過牆壁嗎？」

這個有著自己意志的公敵所給出的答案，讓他們三人再度震驚。

「你們這些小戰士，應該擁有能干涉這個世界定律的力量。」

「干涉……定律……等等，妳指的該不會是心念系統……？」

「我不知道能力的名稱。我們Being會透過特異的聲響來認知到這種能力，所以我不太喜歡。但要破壞這棟宅第的結構體，除了動用那種能力以外，相信是別無他法。」

雖然不清楚她所說的特異聲響詳細情形，但梅丹佐說得沒錯，心念系統確實有著能夠「覆寫(Overwrite)」加速世界中各種現象的能力。讓本來打不到的攻擊能打到，或是讓本來不會動的強化外裝活動，這種程度的覆寫還算是客氣。甚至還有許多心念的效果更是無與倫比，例如能夠減少數值本已鎖定的觀眾體力計量表，或是封印別人的記憶。

相對的，要顛覆重要的定律，當然也就需要強大的想像。玩家住宅應該施有近乎絕對的保護，甚至凌駕於地面耐久度之上，對牆壁發動半吊子的心念攻擊，多半打不出半點缺損。

但他們非做不可。為了救出仁子，他們非得立刻破壞隔開教室與中庭的屏障。

春雪歷經這剎那間的思考，下定了決心。

「……我知道了。」

春雪用力握緊右拳點頭，手臂繞在春雪背上的拓武，以及另一邊的千百合，都同時輕聲說了句：「小春……」但他們兩人也隨即強而有力地點了點頭。

「我也來幫忙。」

春雪對拓武回了句：「拜託了」，然後從蹲姿微微探起頭，朝中庭看了一眼。

Black Vise正好來到正中央，讓抱在手上的Scarlet Rain橫躺在祭壇上。事態已經刻不容緩，春雪維持低姿勢走近窗戶下方的牆壁，讓右手指尖抵在白色的大理石上。拓武也移到他身旁，以左手握住從右手強化外裝伸出的鐵樁。

「『蒼刃劍（Cyan Blade）』。」

在壓低聲音喊出招式名稱的同時拔出的鐵樁發出藍色的過剩光，化為一把大型的長劍。與Magenta Scissor的激戰中所受的損傷，還明顯留在這把心念劍上。拓武將劍尖抵在離春雪指尖非常近的位置，用力點了點頭。

「……動手吧。」

春雪小聲宣告，就將所有的想像集中在右手，大喊：

「『雷射劍（Laser Sword）』！」

從指尖迸出的銀色光芒衝向牆壁，激盪出耀眼的火花。

「喔喔喔！」

拓武也在犀利的呼喝聲中以心念劍刺向牆壁。劍尖發出好幾道藍色雷光，與春雪的過剩光交融，將整間教室照得蒼白。

在這個時間點，人在中庭的Black Vise多半已經注意到發生了異狀。除此之外，往北離開走廊的騎士型公敵，也可能受到心念招式的「特異聲響」吸引而回來。狀況已經來到分秒必爭的地步。

——給．我．穿．過．去……！

春雪將意志力集中到極限，同時在心中想著這樣的念頭。

春雪的「雷射劍（Laser Sword）」屬於心念系統四種基本型態之中的加強射程型，拓武的「蒼刃劍（Cyan Blade）」也同屬基本型態的加強威力型。儘管他們的這兩種招式比起剛學會時，在發動速度與出力上都已經大幅提昇，但仍遠遠不及高等級玩家所駕馭的第二階段心念。

如果Black Lotus或Ardor Maiden在場，相信轉眼間就已經粉碎或是熔解了牆壁，為他們開出一條路，但相信她們兩人現在一定也正為了和春雪他們一樣的目的，而在另一個地方奮戰。

先前無論春雪陷入什麼樣的危機，黑雪公主、楓子、謠、晶、仁子與Pard小姐都一定會來幫助他。他心中總是有些依賴這種有可靠的超頻連線者先進陪在身邊的這種安心感。

但遲早有一天，必須離開母鳥雙翼庇護而飛向天空的時候將會來臨。必須靠自己的力量面對巨大困難的時刻一定會來臨。

相信現在，一定就是這個時候。

「唔……喔，啊啊啊啊——！」

春雪將熾烈得幾乎燒光靈魂似的想像，全都集中在右手指尖的一個點上。不知不覺間，就連貫穿這句話也都蒸發，只剩下從意識深處產生的銀光洪流在春雪全身充盈鼓盪。從右手發出的過剩光猛力撞在堅固的牆上不斷壓縮，化為一個極小的恆星發出強光。

「唔……嗚、喔、喔！」

身旁的拓武也從喉嚨擠出吼聲，雙手握住心念劍刺向牆壁。從劍與牆壁的接觸點迸出的雷光竄向教室各處，更激出了無數的火花。

大理石牆壁受到他們兩人的心念攻擊，劇烈震動著抗拒壓力。牆壁表面有著淡紫色（系統色）的光芒呈雙重同心圓狀散開，連窗戶與地板都跟著脈動——然而牆壁至今仍然連一道裂痕都沒有。

只要有短短一瞬間覺得辦不到，這個想法就會變成現實。

所以春雪即使靈魂燃燒殆盡，也不打算停止想像。視野開始從四周泛白，迴盪在整間教室內的轟隆巨響也慢慢遠去，就在與虛擬角色的一體感也都開始漸漸淡去的瞬間……

「唔……哇啊啊啊啊啊——！」

背後高聲響起第三人的呼喊聲，第三種顏色的光芒照亮了世界。這道有著鮮明新綠的光芒洪流從春雪與拓武之間鑽過，在牆上撞個正著。那是Lime Bell——千百合的聲音與虛擬角色顏色。但春雪並未聽見她喊出招式名稱，這也就表示這種綠色的光不是一般的特效光，而是過剩光——是由心念系統創造出來的奇蹟光芒。

儘管懷疑千百合本應不會用心念系統，怎麼會發出這種光芒，但這個念頭也化為一瞬間的火花而消失。春雪再度卯足所有同時也是最後一波的想像。

銀、藍以及黃綠色的光彩相互交融，化為清澈天空色的洪流衝破了系統色的屏障。大理石牆壁上出現一道極細小的裂痕，又隨即增為兩道、三道——

牆壁發出一陣像是用槌子敲打堅硬金屬，而且音量大得從未聽過的巨響，當場粉碎四散。

或許是精神集中得超過極限，讓春雪覺得意識忽然間差點開始淡去。然而他尚未倒下，黃綠色虛擬角色就從身後倒向他，讓他勉力站穩腳步，伸出右手。拓武也同時舉起左手，兩人同時扶住了Lime Bell。

終於破壞受系統保護的牆壁而產生的達成感，以及千百合突然發動心念系統對他們的震驚，讓他們不由得一瞬間停住不動。就在這時……

「牆壁要合上了！快點通過！」

腦中聽到梅丹佐的喝叱，讓春雪的意識重新開機。他以瞪大的雙眼捕捉到的光景，是大理石牆上開出的那個直徑兩公尺的洞口，內側閃爍著紫色的光芒。無數發出系統色光芒的半透明細管相互重合陸續化為物件，準備補起牆上的洞。

春雪與拓武對看一眼，重新抓穩千百合的手臂，同時往地上一蹬一頭栽向牆外。三人同時鑽起來是有點擠，但還是勉強鑽了出去，滾進約有五十公分段差的中庭。他們滾地時，牆壁仍在急速補上，就在立體圖示輕鬆通過的一秒鐘後，牆壁發出高亢的鏗鏘聲，就此完全關上。就在洞口即將消滅之際，春雪覺得聽見騎士公敵從走廊上跑回來的腳步聲，但現在他已經不需要，也沒有心情去管這些了。

因為當春雪抬起頭來，這天已經是第三次近距離碰頭的Black Vise就站在他二十公尺前方。面向春雪右前方戰力的積層角色前方祭壇上，躺著深紅色的少女型虛擬角色。

——我再也，不會讓你給跑了。

——我一定，要在這裡，救回仁子。

確切的決心化為高溫火焰，行遍虛擬角色全身的細胞，讓筋疲力盡的感覺暫時遠離春雪。

「……Pile，Bell就拜託你了。」

春雪小聲吩咐，將處於半昏厥狀態的千百合交給拓武照顧後，自己慢慢站起。他緊緊握住雙拳，慢慢踏上兩步。

「——Black Vise！」

即使聽到春雪發自丹田的怒吼，積層虛擬角色仍然不轉頭看他，只舉起右手，像是要他等一下。

春雪受到更劇烈的憤怒驅使，又往前踏出一步。這時構成Vise左手的薄板全都無聲無息落下，就此被吸進地面。春雪反射性地戒備，但Vise的目標不是春雪。

這些薄板組成一個全黑的十字架出現在祭壇上，將紅之王釘在十字架上。

一看到仁子雙手被攤開，頭盔往下垂的模樣，春雪心中湧起了先前數倍的憤怒衝動，視野都染成淡淡的紅色。

春雪在很久很久以前，看過一個對戰虛擬角色受到同樣拘束的身影。

那不是他自己的記憶。那是在十二天前，和謠一起衝進的「禁城」中所作的夢裡看到的。他看見一個十字架立在圓形坑洞狀的公敵巢穴底部，一名女性型超頻連線者被釘在十字架上。Black Vise、Argon Array，以及另一個名字和身影都不明的人物，讓長條蟲型公敵一次又一次殺死十字架上的少女。

讓春雪作了這場夢的強化外裝——災禍之鎧「The Disaster」已經經過淨化與分離，在無限制空間的角落永遠沉眠。然而並非鎧甲給予春雪的所有記憶，都已經從春雪腦中消失。其中春雪絕對忘不了的情景之一，就是少女——Saffron Blossom的「處決」場面。

記憶中這段殘酷至極的無限EK場面，與眼前仁子被釘在十字架上的身影重合在一起，讓春雪心中充滿了灼熱的憤怒。

「Vi……se…………！」

春雪從咬緊的牙關發出沙啞的嗓音，正要猛力往地面一蹬，卻又用力停下腳步。

——不可以。不能任由憤怒驅使。

——憤怒不是壞事。可是只被一種感情吞沒，就會只看得見一件事物。過去我就這樣犯下很多次失敗。可是今天，只有現在，我不能失敗。我之所以站在這裡，不是為了打倒Black Vise，而是為了救回仁子。

春雪停下腳步，深深吸氣、呼氣。憤怒的火焰經過壓縮，化為火紅的結晶留在心中。從結晶發出的高熱，化為朦朧的過剩光依附在雙手上。

「——我來要回Rain了，Black Vise。」

春雪以壓抑的聲調這麼一喊，積層虛擬角色這才轉過身來，從正面看著春雪。這張由多片薄板組成的臉上沒有眼睛與嘴，但Vise在臉上露出淡淡的情緒，以平靜的嗓音回答：

「哦……看來你果然和以前的你不太一樣。竟然能在我們的城堡牆上開出這麼大一個洞，連我都有點驚訝呢。雖然看樣子是三個人合力……但我想就連高等級玩家，也沒幾個人能辦到這種事呢。我這可錯看你了。」

實際上若非飄在春雪身後的立體圖示——大天使梅丹佐用她那種語調斷定說「只有這個方

法」，他們多半無法那麼堅定地持續集中想像，所以算來也許是四人合力，但這件事沒必要老老實實告訴對方。春雪不理會Vise那輕薄的稱讚，抽出對方台詞中的一個地方追問下去：

「你剛剛說我們的城堡……沒錯吧？也就是說這棟建築物……不，應該說是學校，就是你們加速研究社的大本營了。那邊看得到東京鐵塔遺址，所以要篩選出現實世界的學校名稱也不難。雖然我們不會因此就不惜在現實中展開攻擊（PK），但如果只是攻擊校內網路，我們可不會猶豫。」

「哎呀呀，你可真是英勇。的確，引了足足三個不速之客溜進這種地方，是我的責任。為求改進，我想請教你們是怎麼溜過地下的公敵守衛來到這裡的……不知道這個問題是不是白問了呢？」

「是白問了。哪怕一丁點情報、1點超頻點數，我都不會再給你。當然更不會把紅之王交給你。」

春雪平靜地宣告完，舉起左手，將依然附著銀光的拳頭對準了漆黑的虛擬角色。

「這裡就是你和我們的決戰之地。」

「哎呀呀，好可怕喔。」

Black Vise還是一樣以沒有緊張感的聲調這麼回應，輕輕聳了聳已經和手臂分家的左肩。

「不過啊，Crow同學，難得你台詞說得這麼漂亮，卻有一個地方不對呀。」

「那還用說！不叫你們付兩倍，不對，是三倍，那就太不划算了！」

春雪以一半的意識聽著加速研究社兩名最高幹部之間的對話，另一半則始終注意著南方校舍的屋頂。他的預測，又或者說是願望很快就成了現實。一個輪廓無聲無息地出現在滿天晚霞的背景下。

不用去看那三角形的尖耳朵，以及從後腰伸出來的長尾巴，也知道來人就是「血腥小貓（Bloody Kitty）」──也就是Blood Leopard。她和拓武等人一起跳進影回廊，多半是在中途被沖向不同的支線，但仍然一路追著Argon來到這裡。為的是執行春雪在中城大樓外起飛之前對她下的那個指示──

「Pard小姐請去追Argon」。

看來要追擊強敵Argon Array，不可能毫髮無傷，只見Leopard以右手按住左肩。但當她一對琥珀色的鏡頭眼望向中庭正中央，立刻就忘了疼痛似的從豹嘴發出凶猛的咆哮。相信Leopard多半是看見了仁子被固定在黑色十字架上的身影，只見她放低身體，眼看就要從屋頂一口氣衝向祭壇，但似乎勉強克制住了自己，與Argon一樣往正下方跳了下來。

她來到布陣在中庭東側的春雪等人身邊，小聲說：

「久等了。」

從這麼近的地方一看，就發現Pard小姐除了左肩以外，身上深紅色裝甲還另有好幾處被雷射貫穿的痕跡。春雪感受著她短短一句話當中所蘊含的心意份量，回答說：

「Pard小姐，對不起，我們還沒救回仁子。」

「NP。我不會讓他們再動她一根寒毛。」

儘管聲調經過壓抑，但Leopard隱而不發的決心化為一陣輻射熱，烘烤著春雪的裝甲。相信這股熱氣也傳到了身後的兩人身上，拓武以及他攙扶的千百合也都起身來到春雪右側。

Black Vise仍把Scarlet Rain拘束在祭壇上，Argon Array則站在他左側。東側校舍的牆邊則依序站著Cyan Pile、Lime Bell、Silver Crow、Blood Leopard。兩名8級超頻連線者，以及一名8級與三名5級組成的四人集團默默地對峙了一會兒。這陣充滿緊迫感的寂靜，是由第七人──飄在春雪背後的立體圖示打破的。

「看樣子我差不多該回到你背上了。」

聽到這腦海中響起的壓縮語音──看來無論要說的話有多長，都只要零點一秒左右的時間就能讓春雪聽完──春雪下意識地同樣以思念回答。

──拜託妳了。他們應該還沒注意到妳的存在，我覺得決定這場戰鬥的關鍵會在妳身上。

「那當然。可是一旦我變回翅膀，就沒辦法再像現在這樣進行雙向通訊。你必須靠你自己的才幹，來控制我賦予你的力量。你要全力奮戰，不要讓我失望。」

──我……我知道啦。還得靠妳的翅膀攻擊，不是，我是說「連禱（Ecternia）」……真的很謝謝妳，梅丹佐，謝謝妳幫助我。

「……蠢材，這種話留到你順利救出你的同伴再說吧。」

冰冷的嗓音迴盪在腦中，緊接著就聽到一陣輕快鈴聲般的音效，顯示在視野左側的裝備中強化外裝字樣又復活了。看來這組翅膀實體化時，是採取和春雪原有的翅膀同樣收疊起來的狀態，但背上仍然多了一份很輕卻很可靠的份量。

春雪深深吸一口氣，丹田蓄力，朝著夙怨未解的仇敵喝道：

「剛才那句話，我要重說一次。這裡就是我們和你們兩個人的決戰之地。」

Vise與Argon聽了這句話，對看一眼後——不約而同地露出淺笑。他們推派出來代表回話的，就是先前訂正春雪所用的「你」這個字眼不正確的Vise。

「不好意思，Crow同學，虧你特地重講一次，可是啊……可以請你再訂正一次『你們兩個人』這個部分嗎？」

「……你們哪一個想跑？」

「哈哈，怎麼可能。是相反……我們還會多一個人。」

說著Vise以誇張的動作舉起右手。下一瞬間……

幾乎就在相互對峙的兩派人馬正中央，掀起了盛大的沙塵。爆響與衝擊波襲來，讓春雪等人不由得上身後縮。

「咦……是遠程攻擊？」

拓武這麼喊。

「不對……是有東西從空中掉下來！」

春雪一邊回應，一邊抬頭望向正上方。從剛才那種爆炸性的衝擊來看，這個物體應該是從一百公尺以上的高空落下。但黃昏空間的天空裡，除了染成橘色的淡淡雲朵之外，並不存在任何其他事物。也就是說，並不是有飛在高空的公敵扔下了物體。

那麼，這個掉下來的物體是靠自己的力量飛上天空又掉下來的嗎？到底是什麼東西——

春雪屏氣凝神，等飛揚的塵土散去。過了一會兒，一陣大風讓粒子特效慢慢淡去。

那不是物體。盤踞在大理石地磚上的，是個用雙手抱住雙腳，身體縮到不能再縮的人體——對戰虛擬角色。

這人的裝甲色是不起眼的灰色，頭深深垂下所以看不見面罩。想來這就是Vise說的「還會多一個人」，但即使真是這樣，還是有兩個疑點令春雪難以理解。

首先是以那麼驚人的速度撞到地面，為什麼卻沒因為受到摔落的損傷而死；第二則是只靠對戰虛擬角色本身，要如何飛到那麼高的高空。

根據春雪所知，能獨力上升超過一百公尺高度的對戰虛擬角色就只有兩個。一個是「鐵腕」Sky Raker，另一個當然就是他自己（Silver Crow）。但這個縮起身體的虛擬角色所露出的輪廓到處都是尖銳的邊緣，與Raker優美的曲面造型相差甚遠。

——不對。

春雪最近才目擊過另一個能夠獨力「飛行」的對戰虛擬角色。

就在四天前的星期三，在中野第二戰區進行的正規對戰尾聲。當時的對手咬下Silver Crow的右手並加以咀嚼，暫時性地複製了他的飛行能力而飛上天空。

「難道……是……」

春雪說話的聲音變得沙啞。

縮在春雪十公尺前方的對戰虛擬角色似乎聽到了這句話，他鬆開緊緊縮在一起的四肢，開始慢慢站起。穿透西邊校舍的窗戶射進中庭的夕陽，在這人以平面為主體的裝甲上反射出朦朧的光輝。

是金屬裝甲——金屬色虛擬角色。即使離了這麼一段距離，那在在令人感受到壓倒性密度與硬度的特異質感，都讓春雪不可能弄錯。那是藍之團(獅子座流星雨)的Mangan Blade評為全加速世界最硬的鎢裝甲。

春雪看著他在逆光中慢慢抬起那有著狼頭造型的面罩，叫出了他的名字：

「……Wolfram……Cerberus……」

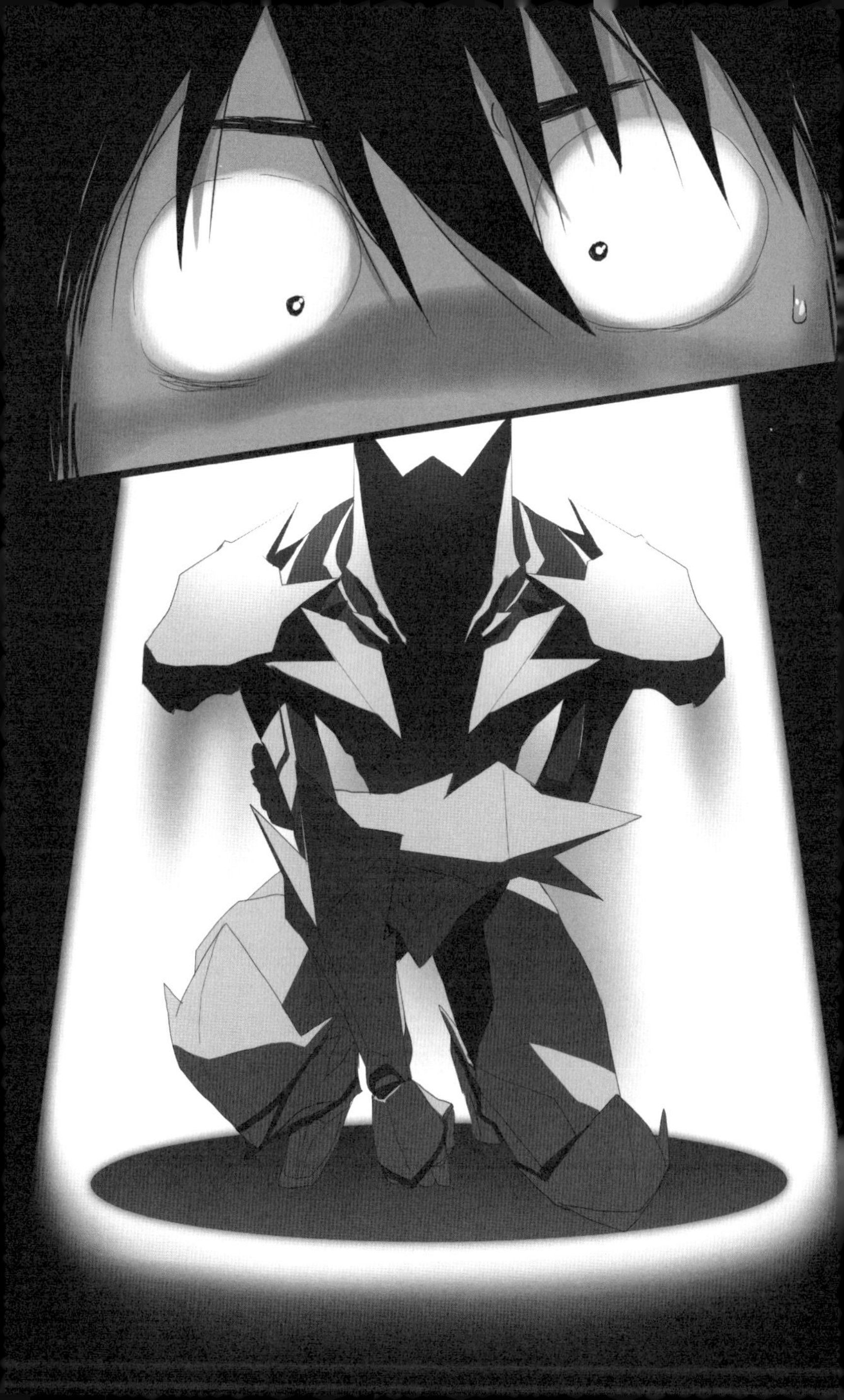

4

黑雪公主曾經數度試圖想起在「那一瞬間」，她在想些什麼，又感覺到了什麼。

兩年又十個月前——二〇四四年八月所舉辦的加速世界首屆七王會議席上，提倡七大軍團間和平協定的紅之王Red Rider，對黑之王說了這麼一句話。

——就算我們有一天在現實世界裡相見，我跟妳也能當好朋友。不，我就是想跟妳當好朋友！

換個角度來想，這句台詞也可以解釋為他是想跨出這群年幼的王以往所結下的情誼，也就是想跨出超頻連線者之間的情誼，發展出更進一步的密切關係。而最先對這句話有了反應的，是當時與Rider最要好的紫之王

——等一下，Rider，你剛剛這句話我可不能聽過就算！

——不……不對，妳誤會了，我不是這個意思……這可傷腦筋了。

Thorn與Rider的互動，讓藍之王Blue Knight與白之王White Cosmos都莞爾一笑，連黃之王Yellow Radio都忍不住低聲哼笑了幾聲。唯有綠之王Green Grandee只微微讓厚重的裝甲發出幾聲

輕響。

做為會議用的亂鬥空間籠罩在一片友好的氣氛中，黑雪公主忽然想到他們兩人是「上下輩」的可能性。

七王——這群過去人稱「純色玩家（Pure Colors）」的大軍團團長們，雖是從加速世界的黎明期就一直打到今天的老手，但並非每一個王都屬於「最初的一百人（Originator）」。身為Whoite Cosmos「下輩」的黑雪公主自己當然就是例外，而儘管沒有確切證據，但白之王自己很可能也不屬於這批人。因為黑雪公主聽說的情形，是當初從神祕開發者手中得到ＢＢ程式的一百人，是在二〇三九年四月才剛升上小學一年級——也就是說這群小孩子是二〇三二年出生的，比黑雪公主和與她同學年的白之王大了一屆。

為什麼這群Originator的年齡，並不等於最高齡超頻連線者的年齡呢？對此有多種說法，其中最有說服力的一種，就是認為二〇三一年出生的兒童當中，能夠達到安裝ＢＢ程式門檻條件的只有一半左右。這是因為能夠讓嬰兒佩帶的神經連結裝置，是在二〇三一年九月上市，在這之前出生的兒童都不可能「從剛出生就佩帶神經連結裝置」。

不管理由何在，七王之中令人能夠確信是Originator的，也就只有藍之王和綠之王。

——如果紫之王（Thorn）和紅之王（Rider）是「上下輩」，又或者是「情人」，相信接下來我要做的事，將永遠得不到她的原諒。

黑雪公主關於自身想法的記憶，就在這裡中斷。

當諸王的笑聲即將平息，黑雪公主站了起來，一邊走向Rider，一邊對和平協定表達贊同。Rider十分高興，伸出右手想握手，黑雪公主則以擁抱回應他。

Thorn更加高聲抗議，讓眾人再度大笑，而「那一瞬間」就這麼來了。

Black Lotus的8級必殺技「死亡擁抱（Death By Embracing）」射程只有短短的數十公分，威力卻是無限大。一旦交叉的雙手劍合上，存在於雙劍圈內的事物都將毫無例外被切斷，哪怕是達到9級的對戰虛擬角色裝甲也不例外。

連紅之王落在雙劍交叉點上的頭顱，以及倒在她腳下地面的身體，都化為無數細小絲帶崩解消失時，自己到底感受到了什麼，黑雪公主都不記得了。

——不……不要啊啊啊啊啊啊！

紫之王發出的尖叫迴盪在整個空間中。

——這就是妳的選擇嗎？Lotus！

藍之王發出換了個人格似的怒吼。

到了這裡，記憶的空窗才總算結束。

十二歲的黑雪公主雙手劍犀利地往外一分，腦中想著一個念頭。

她想著，還剩四個人。

無論累積多少超頻點數，都無法從9級升上最終等級的10級。系統所要求的條件，是讓五名同屬9級的玩家喪失所有點數。

Red Rider就是因為知道了這個規則，才會提倡諸王之間的和平協議，而Black Lotus也才會砍下Rider的首級。在加速世界漫長的歷史當中，「9級一戰定生死規則」實際發動的情形也就只有這麼一次——應該是這樣。因為儘管黑雪公主委身於瘋狂的戰意，展開一場鬼神般的激戰，卻再也沒能拿下其他任何一個王的首級。不，也許能撐到亂鬥結束而回到現實世界，就已經該說是萬中無一的奇蹟了。

之後過了兩年又十個月的現在，那一晚的記憶已經被一層淡紅色的霧靄封鎖，讓她很難想起細節，但這一切都是現實。只要打開系統選單，看看升級畫面，就會看到升上10級所需亮起的五個指示燈當中，最左端的一個已經亮起紅色的光芒。伸手去碰指示燈，更會顯示出Red Rider這個名稱。

所以——

此時此地，初代紅之王不可能出現在這裡。

黑雪公主凝視著這個從ISS套件本體後方現身，戴著牛仔帽，配掛環形槍帶，有著西部快槍手造型的對戰虛擬角色，同時以一部分意識勉強想到這裡。

是有人扮裝成Rider，再不然就是放出了沒有實體的影像。眼前的現象屬於這兩種情形的可能性很高。

但即便理智做出這樣的推測，直覺卻痛切地感受到，無論嗓音、語氣、舉止、以及氣氛，這一切都在在顯示出這人就是初代紅之王「槍匠（Master Gunsmith）」Red Rider。

快了一步從震撼中清醒過來的楓子、晶與謠，都緊緊貼到還呆立不動的黑雪公主身旁。最年少的謠當年應該極少有機會和Rider直接面對面，但與黑雪公主同樣老資格的楓子與晶，則曾在戰場上遭遇、交談、交戰過無數次。

但她們兩人無論對黑雪公主與站在二十公尺前方的紅色虛擬角色都不說話，始終保持沉默。同伴們將一切委由她判斷的意志，透過輕輕相碰的裝甲微微傳了過來。

砍下Rider首級的瘋狂夜晚，以及黑暗星雲在禁城那場兵敗如山倒的敗戰過後四個月，黑雪公主得知原來她是被自己最信任的人深深欺騙、利用。

再也不要犯下同樣的過錯。要自己去感覺、思考、選擇、決定。無論身為新生黑暗星雲的團長，還是身為現在這一瞬間在另一個地方奮戰的那位小她一歲的少年的「上輩」，她都必須如此。

黑雪公主正視靠在漆黑巨大眼球上的快槍手，說出了決定性的第一句話：

「你應該已經被我殺了，Red Rider。」

一聽到這句話，紅色虛擬角色就流露出微微苦笑的氣氛。

「是啊，妳說得對。那個時候，該怎麼說呢，真是有種從天堂掉進地獄的感覺啊。才剛想說嚴禁碰到的『絕對切斷』(World End)竟然會來抱我，結果就變成這樣。」

說著他伸出兩根手指，做出剪刀一剪的動作。無論是這段對正確的狀況描述，還是稚氣未脫的言行舉止，怎麼看都只可能是紅之王本人。

不可能發生的事情就發生在眼前的驚愕，以及埋藏在內心深處的記憶被突然挖出來的震撼，讓她無論怎麼壓抑，身體還是忍不住發抖。但黑雪公主卯足力道灌注在雙腳，繼續站在原地。

五個月前，黑雪公主答應協助第二代紅之王Scarlet Rain，前往討伐第五代Chrome Disaster之際，光是看到黃之王Yellow Radio儲存下來放給她看的Rider永久退場場面，就引發了零化現象(Zero fill)，當場動彈不得。

現在眼前的現象所帶來的震撼，遠非錄影下來的畫面所能相比。然而無論發生什麼樣的情形，她都不想再那麼難看地倒下。

「……那麼就只會有兩種情形。你不是對戰虛擬角色的幽靈，就是第一個曾經損失所有點數，卻找到方法再度安裝BRAIN BURST的超頻連線者了。」

黑雪公主說得強而有力，Rider歪了歪帽簷，做出思索的姿勢。

「說得也是，嚴格說來，我想應該是前者吧。」

「哦？這麼說來，你是放不下怨恨，才會化為厲鬼冒出來了？那正好，我們有具備淨化能力的巫女隨行，你就請她幫你除靈吧。」

身旁的謠全身一顫而縮起身體，楓子的手立刻神速閃動，阻止巫女型虛擬角色後退。她們兩人之間一如往常的默契，帶給了黑雪公主小小的勇氣。她繼續說道：

「——又或者，如果你是有話想說才出現，那我就聽。因為你……應該是有這個權利指責我的。」

黑雪公主當然也並非認為現身的是真的幽靈。因為即使從加速世界消失，以前曾是紅之王的少年現在應該仍在現實世界的東京生活，而且還完全喪失了自己曾是超頻連線者的記憶。

但相對的，在加速世界裡，不管發生什麼都沒有什麼不可思議的——儘管這句話終究只在系統容許的範圍內成立。就連黑雪公主這種最老資格的玩家，都尚未看清BTAIN BURST這款完全潛行型對戰格鬥遊戲的全貌。所以數位幽靈以遊戲系統容許的形式現身的這種情形，或許是有可能發生的。

聽黑雪公主這麼問，Rider仍然靠在套件本體上，雙手環抱到胸前回答：

「這個嘛，說我是有話想說才現身，這句話是沒說錯，但我可不是為了妳想像的那種怨恨才現身。畢竟現在的我，已經知道當初妳不惜用偷襲砍下我首級的真正理由了。」

「……你說什麼？」

黑雪公主被這短短幾分鐘內已經不知道是幾次的莫大震驚震懾住，茫然說出這句話。

黑雪公主打倒紅之王的真正理由。

相信幾乎所有的超頻連線者，都認為她是想比任何人都搶先升上10級。這的確是事實，卻不是事實的全貌。在那樁慘劇背後，有個人物告訴了黑雪公主，說紅之王以「創造槍械（Arms Creation）」創造出手槍型強化外裝「Seven Roads」，而這些槍更是足以讓加速世界永遠停滯的終極破壞兵器。

但這個真相，黑雪公主只對黑暗星雲的「四大元素（Elements）」，以及她的「下輩」Silver Crow說過。Rider不可能從他們口中知道這個消息，而且等她說出這件事時，Rider早已喪失了所有點數。

……不，嚴格說來，還有一個人知道這一切的事實。這個人就是巧妙騙過黑雪公主，完美地操縱了她的那個「人偶師」。

當黑雪公主想到這裡，之前一直保持沉默的晶小聲說了句：

「顏色。」

「Current，妳怎麼了？」

楓子迅速問道，接著晶以更小的聲音說：

「這個虛擬角色……顏色開始變了。」

一聽到這句話，黑雪公主就仔細凝視站在二十公尺前方的快槍手。這個靠在ISS套件本體站著的對戰虛擬角色，裝甲色就和記憶中的Red Rider完全一樣，是純粹得獨一無二，拒絕任何形容詞的紅……

不對，仔細一看就發現晶說得沒錯，裝甲顏色從落在暗處的雙腳開始慢慢改變。從渾濁血液般的暗紅色，經過晚霞的紫色，最後變成像是焦炭的消光黑。

Rider似乎感受到了她們四人的視線，跟著低頭望向自己的雙腳，輕輕啐了一聲。

「嘖，已經來啦？我本來還以為可以再撐個三分鐘……」

「……你這話是什麼意思！你真的是Rider嗎？你出現在這裡，到底是想說什麼……！」

完全掌握不到狀況的焦慮，驅使黑雪公主大聲吶喊。

但已經連腰部附近都變黑的快槍手並不回答她的這些問題，只輕輕拉起帽簷，像是在表達歉意。

「不好意思啊，Lotus，我們先打一場再聊。」

「什……什麼……？」

「妳聽好了，一定要打贏。要比那個時候贏得更不留情、更徹底。因為讓這玩意用掉愈多能量，我就能維持自我愈久。」

「……你說要打贏，到底是要打贏誰？」

「當然……是要打贏我啊。」

紅之王攤開雙手，輕輕聳肩。這時他已經從胸口到頸子，隨即連面罩都染成焦炭色。連有著淺淺V字形刻痕的護目鏡內，都充滿了黏稠的黑暗。

護目鏡下發出一聲令人不舒服的震動聲，然後亮起了血色的光芒。這一瞬間，這個個子也不怎麼高大的虛擬角色全身散發出足以瀰漫整個樓層的殺氣，吞沒了黑雪公主等人。

這種無底的飢餓，卻又帶著點無機質的波動，黑雪公主並不陌生。就在短短幾十分鐘前，他們才在中城大樓北方的平地上和Megenta Scissor那群使用ISS套件的部下打過。當時那群人身上籠罩的就是同一種性質的鬥氣。

擠在一起的四個人一時間全身僵硬，而這個空檔似乎就被對方盯上……

Red Rider連指尖都完全黑化後，雙手以快得令人看不清楚的速度閃動，抓住掛在槍帶兩側的雙槍，拔了出來，舉槍瞄準，這一連串動作所花的時間幾乎等於零。

＊＊＊

——趕上了。

——仁子還存在於這個世界。

美早一看到被定在黑色十字架上的Scarlet Rain，心中湧起的是一股輕柔液體般的安心感。但就在零點一秒後，一陣壓倒性的怒氣點燃了這些液體。Rain身上裝甲隨處可見悽慘的裂痕，而且似乎還失去意識，鏡頭眼黯淡無光。何況她還像個被處決的罪人一樣，整個人攤開雙手被固定在十字架上。美早不能容許任何人對紅之王——日珥的首領如此無禮，萬萬不能。

邊長將近五十公尺的中庭正中央站著Vise與Argon，東側則站著Silver Crow、Lime Bell與Cyan Pile。這三名黑暗星雲的新秀面對實力深不可測的加速研究社兩名最高幹部，仍然堂堂正正地與他們對峙。這場戰鬥不是只屬於美早一個人，開啟戰端的權限，應該交給一路追著Vise來到這裡的Silver Crow。

美早再度朝仁子送出視線，在內心發誓一定馬上救她下來，然後往幾乎正下方的方向跳了下去。接著斜向切過中庭，移動到Crow身邊，只輕聲說了一句：「久等了。」

其實抵達這裡花的時間比她預計的還要久。雖然藉助了Cyan Pile與Lime Bell的力量衝入影子隧道，但卻在完全的黑暗中與兩人失散，被沖到了別的出口。

但所幸——不知道該不該說是幸運，她發現了Argon跑在昏暗通道前方的身影，於是悄悄跟了上去，就這麼穿過了迷宮般的地下樓層。來到地上後雖然被對方發現自己在追蹤，但Argon似乎以和Vise會合為優先，一發雷射也不射就一路跑到這裡，所以美早現在才能在決戰之地和同伴會合。

加速研究社的大本營竟然如此寬敞明亮，而且在現實世界中似乎是一間大規模的學校，說來的確驚人。然而這種情報分析的工作大可留到日後再做，現在她應該把全副心力都集中在一件事上，那就是擊破眼前的兩名強敵，救回仁子。留在中城大樓的黑之王等四人，應該也已經抵達最靠近的傳送門，但要從傳送門回到現實世界，以血肉之軀拔掉仁子的傳輸線，不管動作多快，相信至少都得花上三秒鐘左右，相當於這個世界的五十分鐘——如果能在這之前擊破Vise等人固然好，即使辦不到，至少也非得保住仁子不可。

美早重新下定決心，將雙手鉤爪伸到最長，緊接著……

在轟隆巨響中從天而降的第七個超頻連線者，讓戰局變得更加混亂。

美早起初不知道這個中途插手的人是誰，但Silver Crow以沙啞嗓音喊出的名稱，在她聽來並不陌生。

Wolfram Cerberus，突然出現在加速世界中的超級新人。儘管上輩與所屬軍團都不詳，卻靠著一點都不像初學者的戰鬥才能與令人驚奇的防禦性特殊能力「物理無效(Physical Immune)」，甚至有多名中等級玩家陸續遭他擊破。即使身在練馬區，也聽得到這位對戰天才的傳聞。

由於Cerberus主要是在藍之團(獅子座流星雨)或綠之團(長城)的領土內出現，美早尚未直接看過他打鬥的身手，但一直覺得應該想辦法看個一場。她萬萬沒想到會在這種狀況下，才第一次遭遇到他。

最大的問題在於Cerberus是敵是友。如果他是敵人，從某個角度來看，也許比Vise或Argon更需要小心提防。畢竟我方的三名攻擊手都屬於只有物理攻擊的近戰型。

美早瞬間想到這裡，而她的擔憂在一秒鐘後成了現實。

灰色的金屬色虛擬角色起身後，背對Vise與Argon，與Silver Crow正面對峙。

Wolfram Cerberus是敵人。也就是說，他是加速研究社的成員。

美早將這個認知牢記在心，但Cerberus的第一句話，卻有些出乎她意料之外。

「……我真不想用這種方式跟你再會……Crow兄。」

他沉痛的聲調怎麼聽都不像是演出來的。而Silver Crow回答的聲調，也令美早覺得蘊含了與震驚等量的痛苦。

「我也一樣啊，Cerberus。你會出現在無限制空間，也就表示……你升級了？」

Cerberus點頭回答Crow的問題：

「是。不是最低限度的4級，而是跟Crow兄一樣的5級。」

「這下我們連等級也對等了啊。可是……既然如此，你維持1級賺點數的『任務』不就結束了嗎？我想跟你正常對戰，想跟你打那種不用牽扯任何恩怨的純粹對戰。所以……Cerberus，請你不要站在這裡。」

Crow的聲調雖然經過壓抑，但仍然帶有迫切的訴求。聽他這麼說，這名小個子的虛擬角色微微搖了搖頭：

「對不起……我不能離開這裡。可是，Crow兄在星期四那場亂鬥中對我說的話，真的讓我很高興。還有你願意在現實中見我，也一樣讓我高興。」

「……你不必把這些變成過去式。以後我們要見面幾次都行的……只要你希望。」

灰色與銀色兩名金屬色虛擬角色的對話，聽起來就像用指甲去彈繃緊到極限的極細鋼絲。由於鋼絲往兩個方向拉撐，隨時都有可能繃斷。他們的對話就是這麼純真而岌岌可危。

「剛才Crow兄說得沒錯……他們賦予我的任務幾乎已經完成了。這也就意味著，他們允許我存在的理由也跟著消失了。相信今天過後，我就再也不會有機會像這樣和Crow兄說話……」

Cerberus說到這裡，美早感覺到他狼頭狀的面罩下滲出了淡淡的微笑。相對的Crow緊緊握住雙拳，以更劇烈的聲調呼喊：

「Cerberus！你不需要什麼『賦予你的任務』或是『允許你存在的理由』這種東西！既然身為超頻連線者，目標這種東西就應該自己找出來，不是嗎！」

「……………」

Cerberus垂下頭去，並不立刻回答Crow的問題。

這時接過話頭的，是Argon Array。她的聲調一如往常，帶有一種令人不悅的笑聲。

「啊哈哈，Crow同學，你說的這幾句話可真帥氣！可是啊，你終究是個大少爺。像什麼『既然身為超頻連線者』這種話，我可說不出來！」

紅色系虛擬角色最大的破綻，就是子彈打完的瞬間。這個理論即使是紅之王也不例外。

彈筒排出空彈殼後，本來應該必須用手一發一發重新裝上子彈。然而幾乎就在排出彈殼的同時，Rider雙臂上的裝甲打開，從中出現附有機器手臂的高速裝彈器（Speed Loader）。兩條機械手臂往上伸長，各將六發子彈打進空的彈筒之中，接著就是喀啦一聲輕響，彈筒甩回槍身，完成了重新裝彈的動作。從Rider舉槍朝上，到裝彈器完成任務而收進手臂，只花了短短兩秒鐘。這是紅之王的特殊能力「自動裝彈（Auto Reload）」的效果。

以前Red Rider還在第一線浴血奮戰時，就以這快速的槍法與裝填速度，絲毫不讓藍色系虛擬角色近身，連對上穩穩擺好防禦態勢的綠色系虛擬角色，都能只靠硬削的損傷加以擊倒。即使黑雪公主對衝刺速度有自信，仍然有幾次就差那麼一點，沒能將他納入劍的攻擊範圍而敗在連射之下。

但這次所幸開始戰鬥時的距離較短，只有二十公尺左右，而且等紅之王再度舉槍瞄準時，黑雪公主已經揮劍下劈。眼看這能將碰到的一切事物都一刀兩斷的「終結劍（Terminate Sword）」，就要砍上Rider不設防的頸子——

然而……

在黑雪公主意料不到的地方，有那麼極短暫的一瞬間，身體深處微微顫抖了一下。震動讓這一劍的軌道偏離，刀刃並非砍上脖子，而是砍在Rider那以紅色系來說算是有著堅固裝甲防護的左肩上。鏗的一聲金屬聲響響起，傷害特效光四濺。或許是因為肩膀被深深砍了一劍，讓Rider左手手槍停下動作，但他仍以讓人絲毫感覺不出受傷的動作，將右手手槍筆直對向黑雪公主的胸口，手指以機械般精密而冷酷的動作扣下了扳機。

槍口開出火焰花朵，幾乎從零距離發射出來的槍彈飛向Black Lotus胸部裝甲——但她在千鈞一髮之際回過左手劍護住胸前，擋住了這發子彈。

又是一聲刺耳的金屬聲。劍脊部分激盪出色彩鮮明的火花，體力計量表再度微幅減少。而Rider當然不會只開一槍就結束，他以機槍般的速度連續扣下扳機，第二發、第三發也精確地命中同一個位置。儘管處於系統判定為防禦成功的狀態，但每次左手傳來衝擊，計量表減少的幅度就會不斷擴大。這是因為槍彈連續打在同一個點上，讓劍刃所受的損傷不斷累積。但即使知道是這麼回事，卻又不能移開護住要害的劍刃。

黑雪公主被槍彈的衝擊往後推開，同時痛切自覺到導致剛才那一劍軌道偏離的震動，是來自什麼原因。

那是她壓抑在內心深處將近三年的恐懼、是後悔，更是一種罪惡感。她對以偷襲方式讓紅之王喪失所有點數的自己所產生的嫌惡，讓推動虛擬角色的鬥志有了那麼一瞬間的退縮。原因就和半年前的零化現象（Zero fill）一模一樣。

——太難看了！

——我答應過他……答應過春雪！說我什麼都不會再怕，再也不會逃避過去……說無論中城大樓裡有著什麼樣的事物等著我，我都不會退縮半步！

就在黑雪公主痛切喝斥自己的同時，Rider右手手槍「太陽神」打光了子彈。被六發子彈單點連擊的左手劍，發出啪啦一聲微小但危險的聲響。

然而劍刃仍然存在，並未折斷。她的心也是一樣，雖然顫抖，但並未屈服。她要挺身而戰，對抗眼前的敵人——更要對抗自己的恐懼。

黑雪公主雙腳尖端喀的一聲插進地板，停止後退。

紅之王自動裝填右手槍之餘，再度舉起被斬擊逼退的左手槍。

太快了。絲毫沒有破綻。他明明應該是紅色系的終極型，對付起來卻像是個雙手都拿著近戰武器的藍色系對手。

她應該也可以選擇放棄近戰而大幅度後退，和楓子與晶組成防禦陣形，把攻擊的工作交給謠的長弓。然而Rider變黑之際說了一句話，說要黑雪公主贏得徹底。還說這樣一來「我就能維持自我愈久」。她怎麼想都不覺得靠以智取勝的戰法能夠達成這個條件，而且更重要的是就心情上而言，現在後退就等於輸了。

黑雪公主自認並不是因為固執而拒絕同伴協助，但至少也得砍中一劍。至少得砍中能令自己滿意的一劍，否則就不能退後。然而要再度將Rider捕捉到劍刃所及的範圍，只靠防禦槍彈是不行的。她必須預判出槍彈發射的時機，一邊閃避一邊前進。

……學姊。

她忽然覺得耳邊有個小小的聲音對她說話。

……不可以看槍口。要看拿槍的對手，從他的全身預判出開槍的跡象。

——我會試試看！

黑雪公主下意識地在腦海中這麼一回應，就將視線從握在Rider手中的「黎明女神」那黝黑的槍口移開。

紅之王全身都被侵蝕成黑暗的顏色，先前談話中感受到的些許生機已經完全消失，然而這也讓那飢渴的殺意變得極為明顯。就在那V字形護目鏡下，兩個血色光點微微閃爍的瞬間……

黑雪公主一邊往前縱身而起，一邊卯足全力往地面一蹬。

槍口噴出火苗。射出的子彈掠過她頭盔上往兩側延伸的天線狀零件。Rider一邊連射，一邊把準星往下移；黑雪公主則把身體壓得更低，試圖鑽過火網。在加速過的感覺裡，每一聲槍響響起，就有以接近音速的速度飛來的金屬塊體掠過背上的裝甲。

就在身體壓低到再低一寸都會跌倒時，第六發子彈擊碎裝甲護裙的邊緣而往後方穿出。

儘管無法捕捉在視野之中，但相信Rider右手手槍已經重新裝填完畢。攻擊的機會只有一次。下次非得甩開深深刻進內心深處的恐懼，送上嘔心瀝血的一擊不可。

「喔喔喔喔喔！」

黑雪公主勇猛地吼叫，攤開雙手劍。

從壓低到極限的姿勢，不可能揮出像樣的斬擊。她沒有時間舉起雙手劍，要換成腳踢又太花時間。黑雪公主只有一種招式能從這麼接近的狀態使出。

她再度蹬地，讓身體往上彈起。以頭錘頂回Rider試圖往下瞄的「太陽神」槍身，讓雙方的虛擬身體完全貼在一起。她雙手繞到Rider身上，讓雙劍劍尖交錯。

儘管脖子和軀幹有別，但三年前黑雪公主為了創造出與現在同樣的狀況，還特地用言語和態度欺騙了紅之王。

但這次不一樣。從第一波連射算起，她足足閃躲、彈開、鑽過多達二十四發的槍彈，才讓兩者之間的距離變成零。

——我已經，不是以前的我了！

黑雪公主將所有的意志力灌注在雙手上，揮開恐懼大喊：

「『死亡擁抱（Death By Embracing）』！」

深紅色的閃光呈一字形水平閃過。一聲毅然決然，毫無妥協餘地的特效聲響高聲響起。

Black Lotus的8級必殺技，正好在紅之王槍帶的高度上，將他的軀幹斷成上下兩截。Rider應該已經受到加速世界有可能發生的最大限度劇痛侵襲，卻一聲不吭，還想繼續發射右手的手

槍。對幾乎所有對戰虛擬角色來說，完全切斷頭部都是足以當場斃命的損傷，但受到腰斬則有可能存活下來。相較之下，黑雪公主則受到系統面發動完大招的僵硬狀態，無法立刻行動。

但就在槍口即將噴出火苗之際，從後方飛來的水滴精準地打中了Rider的護目鏡。水滴化為霧氣，封鎖住視野，阻礙了槍彈的發射。是Aqua Current抓起終於慢慢恢復的水流裝甲當中的一部分，當成投擲武器攻擊。

緊接著一枝火紅燃燒的火焰箭插上Rider右手。是Ardor Maiden以過人的弓術射穿虛擬身體的「核心」，讓握住「太陽神」的手暫時麻痺。即使被逼到這種狀況，紅之王仍然不吭一聲，試圖幫左手的「黎明女神」重新裝彈。

這時化為一陣疾風飛來的，是讓一頭青銀色頭髮隨風飄逸的Sky Raker。她多半是讓疾風推進器瞬間噴發，以正常跳躍不可能達到的速度直逼紅之王。

「喝！」

接著在短短一聲呼喝中，以右手掌擊高聲打到紅之王身上。Rider承受不住猛烈的衝擊，胸部厚重的裝甲呈放射狀碎裂而灑出炭屑似的碎片，但紅之王仍以駭人的鬥爭本能，試圖將雙槍舉向身前。

這時黑雪公主的僵直狀態總算結束。她利用先前壓低的姿勢，順勢高高躍起。朝著Rider那像是在空中流過的上半身垂直踢起右腳劍。

「喝啊！」

在空中劃出的這道藍色眉月軌跡，從Rider的腹部掃到頭部，將他的註冊商標──牛仔帽一刀兩斷。

而這一踢成了最後一擊。Red Rider的體力計量表──前提是真的有這種東西存在──耗盡，試圖後仰的上半身在空中不自然地停住，緊接著化為無數黑色碎片爆裂四散。

這些碎片飛散途中逐一化為漆黑的煙霧而消失之際，黑雪公主一個直體後空翻輕巧落地，慢慢轉身面向從後方跑來的三名同伴。

「……小幸……」

聽楓子輕聲呼喊，黑雪公主把胸中累積的空氣，混在一句短短的話裡吐了出來：

「──是冒牌貨。」

「…………」

她回視盯著她的三名同伴，微微放緩語氣說下去：

「……Rider的強悍不是這傢伙能比的。哪怕是以一敵四，他也不會退後一步，只會開槍開槍再開槍，把敵人一個個擊倒、擊潰……Red Rider就是這樣的人。即使射擊技術重現出來，每一發子彈當中灌注的氣勢卻完全不一樣。他不可能是真的Rider。」

「可是，裝甲色改變以前的氣氛，還有說話口氣，都跟『槍匠』一模一樣。」

本，先慫恿黑之王拿下紅之王的首級，然後暗中將紅之王變成自己的傀儡……辦得到這種事情的……………」

Red Rider說到這裡，微微轉過身來。他那形狀尖銳的護目鏡，被砍開大廣間的裂痕中射進的夕陽照得閃閃發光。

「……接下來妳得自己找到答案。再見了，Lotus。還有『四大元素（Elements）』的三個人，順便幫我跟『矛盾存在（Anomaly）』問好。還有……幫我和繼承日珥的第二代頭目說，謝了，以後就拜託妳了。」

初代紅之王再度舉起右手，這次將食指與中指併攏輕輕一揮，就踏進了巨大眼球的瞳孔。半透明黏膜將虛擬角色一寸寸吞沒，等到那泛黑的眼瞼慢慢眨下，再也沒留下半點Rider存在過的痕跡。

黑雪公主不明白充滿自己內心的是什麼情緒。一股不是恐懼、憤怒或悲傷，但包含了這一切的高壓能量，幾乎隨時都要衝破虛擬角色的裝甲而溢出。

「……小幸。」

楓子似乎察覺到這劍拔弩張的氣息，輕輕碰了碰她的背。黑雪公主深深吸氣、吐氣，然後壓抑住自己，對三名同伴宣告：

「——我們該做的事還是一樣。我們要使出渾身解數，破壞ＩＳＳ套件本體。」

「……是啊，我們來這裡，就是為了這個目的。」

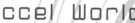

「我們一定，要辦到。」

「我們要加油！」

楓子說完後，晶與謠也出聲應和。

ＩＳＳ套件本體既不是公敵，也不是強化外裝，而是對戰虛擬角色。

Red Rider的影子是這麼告訴她們的。如果真是如此，那麼塑造出這個巨大眼球的人，就和黑雪公主她們一樣是有血有肉的人……同時還是年紀相近的少年或少女。而這個人就利用收進自己體內的紅之王所具備的特殊能力，大量製造出注入黑暗心念的強化外裝，散播到加速世界之中。

黑雪公主等人不知道這是否是他或她所願，也有可能只是受到加速研究社操縱。然而即便真是受到操縱，事情演變到這個地步，也只能用武力解決了。超頻連線者一旦在戰場上與敵人對峙，唯一要做的就是一心一意地「對戰」。有些事情就是要打過才會了解、才能傳達給對方知道，哪怕對手是個不會說話的巨大眼球也不例外——

也不知道是不是對黑雪公主等人的決心起了反應，ＩＳＳ套件本體的瞳孔再度變色。從收進體內的傳送門發出的藍光，轉變為靜脈血液的暗紅色。

一陣沉重的嗡嗡聲響起，酷似腦髓的球體表層灑出了大量的黏稠黑暗。這種怎麼想都是由惡意化為可見現象的鬥氣，一路淹沒到二十公尺外擺出備戰架式的四人身上，讓她們產生了一種像是裝甲表面被無數尖針攢刺的感覺。

「難道說……這些全都是心念的過剩光……？」

楓子驚呼之餘，舉起右手。手掌上發出散發水藍色光芒的漣漪，把黑暗鬥氣推了回去。雖然過剩光本身並沒有攻擊力，但正向鬥氣會讓碰觸到的人感受到溫暖與鼓舞，相對的黑暗鬥氣則能以近似寒氣的效果，讓虛擬角色身體僵硬。

黑雪公主也和晶與謠同時以自身顏色的過剩光籠罩住身體，驅開了冰冷的黑暗。雖然不知道套件本體聽不聽得懂人話，但為防萬一，她還是小聲指揮：

「這眼球這麼大，動作應該不靈活！我們一口氣接近，繞到後面攻擊！」

三人齊聲回答了解，放低姿勢等黑雪公主下令衝鋒。

「衝……」

就在她正要喊出衝鋒命令之際……

籠罩住整顆眼球的鬥氣匯集在瞳孔上，化為一道漆黑的光束發射出來。

這是ＩＳＳ套件特有的遠程攻擊型心念「黑暗氣彈（Dark Shot）」，但規模比終端機感染者所用的版本大了數十倍。

這股虛無的洪流就好像是屬性與大天使梅丹佐超高熱雷射相反的版本，將碰觸到的一切都削減、吞食、消滅，一路湧向黑雪公主等人，眼看就要將她們吞沒。

——即使如此。

——我還是，相信你，還有我自己。

春雪在內心深處說出這句話的瞬間，一陣強風吹過中庭，將立在狀似禮拜堂的尖塔塔頂十字架吹得咿呀作響。這陣風成了導火線，讓Black Vise以外的六個人都一起有了動作。

「唔喔喔喔！」

春雪大吼著前衝，Cerberus就在他前方高聲擊響雙拳。仿狼頭造型的面罩護目鏡上下咬合，只剩下幾公釐的縫隙。這表示「物理無效」特殊能力已經發動。春雪面對這個狀況下的Cerberus還管用的攻擊手段，就只剩下摔向地面的摔技，以及具備光屬性的必殺技「頭錘（Headbutt）」。這兩種手段都是只要對方有所提防，都肯定會被避開，或甚至遭到反制攻擊。

但這終究是正常對戰下的情形。

春雪拋開猶豫，讓右手發出銀色的過剩光。Cerberus採取防禦態勢，春雪則瞄準他防守最穩固的雙臂交叉處正中央，從本來攻擊距離的兩公尺外使出穿掌，同時喊出招式名稱：

「——『雷射劍（Laser Sword）』！」

一陣玻璃質感的音效中，以白銀鬥氣形成的劍刃瞬間從右手指尖往前伸長。

Cerberus的「物理無效」有著絕對的防禦力，連藍之團（獅子座流星雨）的重量級虛擬角色「Frost Horn」的肩膀衝撞攻擊，都能毫髮無傷地擋下來，像Silver Crow這種瘦弱的手使出的穿掌，應該會輕而易舉地被擋開，甚至反而撞得自己手指全部碎裂。

但這當中另有一個原則，也就是「只有心念能夠防禦心念」。在能夠改寫加速世界現象的心念系統之下，無論什麼樣的裝甲或特殊能力都無能為力。黑雪公主曾嚴格告誡春雪，要他答應「除非受到心念攻擊，否則不能動用心念」，做為和這個強大力量相對應的承諾。然而只有現在，春雪特意違背承諾。哪怕被拖進心念的黑暗面，如果這是為了救出仁子所必須付出的代價，那他也甘願承受。

春雪使盡渾身解數的心念攻擊，就像穿破紙張一般，輕易貫穿Cerberus雙手上的鎢裝甲，連手臂後方的虛擬心臟都打得粉碎——本來應該是這樣。

然而……

右手上傳來的卻是一種像是高壓靜電爆出火花似的抗力。心念劍刃的劍尖甚至無法碰到Cerberus的裝甲就被猛力彈開，連春雪自己都被反作用力往後推開。

春雪勉力踏住腳步，震驚得瞪大眼睛，看著籠罩在鎢裝甲表層的紫色光膜。

Cerberus並未喊出必殺技名稱，何況靠必殺技是無法防禦住心念攻擊的。也就是說，這種發光現象就和春雪的雷射劍一樣，是由心念系統產生的過剩光。

濃淡不一的紫色形成大理石花紋蠢動的模樣，讓春雪覺得有些似曾相識，但這種感覺立刻被壓倒性的驚愕蓋過。儘管左右兩翼分別展開了Pard小姐對Argon，以及Vise對拓武與千百合的戰鬥，但他沒有心思去看同伴的打鬥，以沙啞的聲音驚呼：

「Cerberus……你也會用心念系統……？」

Cerberus仍然將發出鬥氣的雙手牢牢交叉在身體前方，點了點只露出上半部的頭。

「嗯，因為我聽說沒心念就沒辦法在無限制空間打，雖然我也不知道招式名叫什麼。」

他的說法有點不自然，但春雪太過震驚，沒有心思去注意這點。

太快了。再怎麼說都未免太快。

Wolfram Cerberus出現在加速世界，是在第一次遇到春雪的三天之前。也就是說，從他開始對戰以來，才過了短短八天。當然他有可能在開始對戰之前，就先接受一定期間的訓練，然而一直到最近都還是1級的他，竟然已經學會心念系統，而且已經練到足以在實戰中運用的水準，這種異常事態已經不是用「天才」兩字就能交代過去的。

Cerberus一瞬間將視線從啞口無言的春雪身上移開，確定左右兩翼的戰況後小聲說：

「我想只有這件事，我應該先跟你說清楚……我想Crow以前應該見過『二號』……」

「啊……嗯。就是寄生在你左肩上的那個，該怎麼說……我們是稱他為CerberusⅡ啦……」

「呵呵，你們這種稱呼比較帥氣呢。『二號』和我這個『一號』的人格的確不一樣，但這不是所謂多重人格那種情形，是更徹底的『另有其人』。『二號』本來是個獨立的超頻連線者，擁有一個不叫Cerberus的虛擬角色。」

「本來是個……獨立的，超頻連線者……？」

春雪一時間意會不過來，茫然地複誦這句話。Cerberus點點頭，以有所隱忍的聲調說：

「詳細的情形……就請你將來再問Argon姊還是別人。我要告訴你的是，現在的我，不用切換人格就可以有限動用『二號』的能力。我能一路飛到這裡，就是靠了『二號』的特殊能力『技能捕食（Wolf Down）』……說得精確一點，是靠了他在上一次對戰中從你身上複製下來的『飛行』能力。由於這樣複製來的能力用得愈多，可用時間就愈少，所以也只能飛個短短幾秒就是了。」

「…………！」

春雪震驚地一口氣喘不過來，但心中也有幾分恍然大悟。這也就表示幾分鐘前Cerberus從天而降時，春雪聯想到CerberusⅡ也算是可以飛的虛擬角色，而這個聯想完全猜了個正著。

說到這裡，當初Ⅱ吃了Silver Crow的手而複製到能力時，就說過一句奇妙的話。記得他的意思是說他的能力不是「強奪」，跟那小子不一樣。正當春雪在護目鏡下皺起眉頭，Cerberus再度開了口：

「……我接下來要說的才是正題……我升上5級後，就不只是『二號』的能力，連『三號』的能力都可以動用到一定程度了。我的這種心念……就是『三號』的。」

「這…………」

春雪更加震驚，同時壓低視線，看了看Cerberus的雙手。這種形成大理石花紋狀的過剩光就像生物似的蠕動，不太像是在保護Cerberus的裝甲，反而像是寄生在裝甲上。儘管春雪對心念系統的了解還不深，但仍然看得出這一點。他不知道「三號」是什麼人，但這種紫色的鬥氣，肯定不是來自正向心念，而是發自負向的心念。

「不……不行的，Cerberus。」

春雪朝著就站在一公尺前方的小個子金屬色虛擬角色發出迫切的呼籲。

「不可以用別人的心念。不然你自己反而會被拖進這人的黑暗面啊……」

但春雪說到這裡就不再說下去，用力咬緊了牙關。

因為是春雪先動用靠正常能力根本不可能擋住的心念。從Cerberus的角度來看，即使這心念是借來的，要是沒有心念，他已經被這沒天理到了極點的能力打得當場斃命。所以到了現在，春雪已經沒有權利叫他不要動用心念。

Cerberus彷彿連春雪內心的掙扎都忖度到了，輕輕搖搖頭說：

「我明白Crow兄想說什麼。我也感覺到每次動用這種力量，自己心中就有東西被削減掉。可是……我別無選擇。Crow兄，就和你一樣。」

他說話的聲音低沉而沙啞，但蘊含了堅定的決心，撼動了春雪的意識。春雪不由自主地點頭回應，同時在內心深處對自己說話。

——的確，我應該已經下定了決心。決心無論發生什麼事，要犧牲什麼，都要救出仁子。事態不容我在這種時候猶豫，我能做的事情就只有一件。

「…………對，你說得沒錯。覺悟不夠徹底的人是我。Cerberus，我要為了救出同伴而跟你打。」

春雪重新下定決心而發出的話語，被對方以同等堅定的意志接了下來。

「Crow兄，這樣正合我意。我也要為了我想要的事物而戰。請你全力以赴，不然就打不倒現在的我。」

Cerberus的這個宣告已經是不爭的事實。

無論等級或能力，甚至連心念在內，所有條件都是同等。唯一能分出勝負的，就是彼此招式與心意的強度。

春雪壓低姿勢，雙手擺好架式，看著Cerberus的護目鏡，更看著護目鏡下那名頭髮有點長的少年。

從現在這一瞬間起，無論人造金屬色計畫、還是「二號」和「三號」，他都要忘掉。既然有理由開打，並在戰場上對峙，那就沒有別的事情要做。

——來吧！

春雪將無聲的呼喊化為白銀鬥氣從全身發出，同時往地面一蹬。

Cerberus也將紫色波動籠罩在雙手上，從正面衝來。

心念是最強的武器，這個事實並未改變，但既然雙方都會施展心念，就不能貿然依賴心念取勝。使用心念需要喊出招式名稱，發招前也需要準備動作，因此出招時機容易被判讀出來。所以如果想也不想就胡亂出招，一定會被躲開而挨到迎頭痛擊。這個問題和必殺技一樣，但心念還可能因為精神狀態不夠穩定而發動失敗，所以風險更高。

因此春雪維持在只用防禦用過剩光籠罩雙手的狀態，試圖迎擊Cerberus的衝鋒。

他的企圖是用以柔克剛的手法轉化為摔技，也就是「四兩撥千斤（Guard Reversal）」。就在Cerberus那受到遠比Silver Crow銀甲更堅硬的鎢裝甲保護的額頭逼近到眼前之際，春雪用力壓低姿勢。他一邊閃躲這一擊必殺的頭錘，同時伸出雙手去抓Cerberus的左手。

在他們的第三場對戰中，Cerberus故意被摔，改以地板招式搶攻讓春雪陷入苦戰。但這種戰術是要在地面積了雪的冰雪屬性空間才能使用，黃昏屬性的地面鋪著大理石的地磚，沒有任何東西可以當緩衝。

Cerberus似乎想以重壓方式破解春雪的摔技，從頭錘切換為飛身壓，全身從春雪正上方壓了下去。但由黑雪公主親自傳授的「以柔克剛」，即使在緊貼的狀態下，仍然能夠控制對手施力的向量。春雪抓住Cerberus的左手，加快Cerberus往前翻的動作，同時右膝頂上他的腹部，形成拋摔的姿勢——

「喔喔喔！」

這匹年輕的狼忽然大吼一聲，接著春雪看見了一幅光景。看見Cerberus的背上伸出微微晃動的半透明翅膀。

狼的身體往正下方猛然加速。這幻影翅膀只產生了一瞬間的推力，就溶解在空氣中似的消失無蹤，但這一下已經足以破解春雪的摔技。春雪撥不開這記融合了翅膀加速與重金屬重量的飛身摔，背部猛力撞在地上。

「嗚……」

春雪低聲悶哼，身體還在彈跳，Cerberus就以電光石火般的身法搶在前頭，雙手勒住春雪的脖子，雙腳圈住他的腰部以全力勒緊。鎢裝甲尖銳的邊緣陷進Silver Crow的銀裝甲，激盪出無數火花。

到這一步都和三天前那場亂鬥的情形一樣，唯一不同的就是Cerberus不從正面，改從背面施展擒拿招式。這樣一來就沒辦法用「頭錘」反制，而且背上的翅膀也和上次一樣無法張開，所以也不可能使出急速上升後的俯衝攻擊，或是以水平飛行拖他去磨障礙物的方式攻擊。

春雪承受著這鉗子般的壓力，耳邊聽到Cerberus輕聲說：

「對不起，我把翅膀的可用時間保留了這麼一秒鐘下來。雖然這一下過去，這次對戰裡我就再也用不出來了。」

的，就是那個不但困住仁子，甚至可能還封住了她意識的漆黑十字架。

心念的長槍拖出一道白銀的軌跡，飛過染成晚霞色的中庭，命中屹立在祭壇上的十字架底部，將寬約二十公分的薄板打斷了一半左右。站在稍遠處的Black Vise驚覺地轉頭望向春雪，但他左手已經變形成十字架，右手則化為多片盾牌抵禦拓武的猛攻，沒有手段可以攻擊春雪。

「再來一發！」

春雪大喊一聲，再度擺出發射標槍的動作。Argon本來在中庭南側與Pard小姐激戰得眼花撩亂，這時以不耐煩的聲音說：

「小一你搞什麼！都最後一份工作了，你就不能做得漂亮點嗎！」

「嗚……」

Cerberus短聲呼氣，企圖將春雪的身體往左翻轉。這多半是為了封死遠程攻擊的角度，但既然雙手雙腳都已經用來鎖住對手，要翻身也就沒這麼容易。春雪先用左手撐在地上，先全力抵抗Cerberus的動作——接著突然放手，自己也猛力讓身體往左翻轉。

加上春雪這份力道，讓Cerberus猛力往左側翻轉九十度，春雪則在微微鬆開的擒拿動作中更加翻轉一百八十度。這也導致春雪從被人從背後扣住的狀態，轉移到臉對臉碰在一起的姿勢。

就在這一瞬間——

春雪忽然從露出的背上，將先前一直被按住的金屬翼片完全張開。當雙方交纏在一起的身體往上飄起的瞬間，Cerberus迅速地鬆開了對四肢的拘束。他避免了自己被抬到高空的情形，這個選擇並沒有錯。然而春雪從一開始就不打算飛到高空。畢竟這樣會增加被Argon狙擊的危險，如果用摔落的傷害拚得同歸於盡，這場仗就等於打輸了。因為春雪必須擊退Cerberus去救仁子。

「喝啊啊！」

春雪從只飛了不到一公尺高的狀態，衝向單膝跪在地上的Cerberus，並在空中翻轉身體，朝他的臉使出一記右腳後旋踢。Cerberus高高舉起雙手防禦。這一踢當然打不出傷害，但這是為了引他舉高雙手防禦。春雪運用翅膀推力瞬間著地，將籠罩著心念光芒的右拳，打向Cerberus空門大開的軀幹。

春雪的擔憂成真了。Cerberus不只是手臂，連身體也發出了紫色的鬥氣試圖擋住拳擊。相信這並不是Cerberus主動施展心念，而是一種對對方的心念起了反應而做出自動防禦的機制，但也因此而導致反應速度比熟練心念者微微慢了一些。春雪對心念系統也還不算熟練，但如果不是發動招式，只是使出用過剩光強化過的打擊，那他就有把握能以幾乎和正常對戰沒有兩樣的速度出招。

籠罩著銀光的右鉤拳被紫色鬥氣驚險地擋住，再度迸出火花。但相較於Cerberus被反作用力震得失去平衡，春雪則早已預測到會有這種現象，利用反作用力轉動身體軸心，翻身使出左鉤拳。這毫無延宕的連擊，讓防禦鬥氣慢了微微一瞬間才產生出來。

砰！

又是劇烈的火花。但這次拳頭尖端已經擦到了鎢裝甲。就在左手被推回來的同時，右腳往前踏上一大步，第三記攻擊的右手肘擊，終於深深穿入鬥氣薄弱的心窩——

「嗚……」

Cerberus悶哼一聲。春雪的連續攻擊速度終於超出了紫色鬥氣的反應速度。「物理無效」特殊能力也無法完全擋住經心念強化過的打擊。肘擊的威力穿進裝甲下的虛擬身體，在造成損傷的同時，更打得他失去平衡。

——這時候就該猛攻！

「喔喔喔喔！」

春雪大吼一聲，展開了利用翅膀瞬間推力形成的三次元連續攻擊——「空中連續攻擊(Aerial Combo)」。

從拳腳、肘擊、膝頂，甚至連頭錘都包括在內的連續攻擊令人眼花撩亂，在空中迸出了多次火花。雖然並不是每一招都能貫穿紫色鬥氣，有一半都被毫髮無傷地擋下，但春雪並不在意，繼續連段。

Cerberus貫徹防禦，看似想伺機再度展開擒拿，但「物理無效」與「心念防禦」都遭到破解的現在，只守不攻將使狀況愈來愈糟。Cerberus似乎在幾秒鐘內就注意到這一點，護目鏡下的雙眼發出強烈的光芒，同時大喊一聲：

「唔喔！」

Cerberus配合春雪的左鉤拳，在尖銳喊聲中打出右直拳。這是一記時機抓得完美的反制攻擊，但春雪只靠下意識的操作震動左邊翅膀，讓身體往右偏開五公分。Cerberus的拳擊從他頭盔側面擦過的同時，春雪打出了反制這一拳的右手上鉤拳。

但Cerberus以駭人的反應速度歪頭閃避，緊接著用右手按住春雪的後腦杓使出泰國拳式的膝踢。春雪舉起右腳勉強擋住，兩人膝蓋猛力對碰撞出的大量火花，從下方照亮了雙方的臉。

春雪與Cerberus就在臉都幾乎碰在一起的距離下，剎那間交換了視線。

就這麼互擊到有一方倒下為止。

兩人的意志在彼此的面罩間迸出蒼白的火花。

雙方同時往後跳開一大步，緊接著又蹬地而起——往前衝刺。

若從遠處看去，兩名金屬色虛擬角色的格鬥戰，多半怎麼看都像是一場從零距離相互開槍的槍戰。用手臂格開拳頭、用腳脛擋住腳踢，不時還會發生拳頭互擊的情形，每次都撞得混有過剩光與火花的粒子在空中爆開。槍戰似的碰撞聲連續響起，讓四周的空氣像蜃景般地搖動。

春雪的「空中連續攻擊（Aerial Combo）」在連段段數與變化上勝出，但原本的防禦力與每一擊的威力，則是Cerberus占了優勢。純就硬削造成的傷害累積程度而言，兩者幾乎平分秋色。勝負將會取決於誰能先紮紮實實打中一招，換個角度來說，也就是取決於誰的攻擊速度能壓過對手。

……壓抑了鬥志，因而『零化（Zero Fill）』。他倒是很高興能和Crow兄打一場啦……」

Cerberus流露出淡淡的微笑，慢慢舉起在與春雪的激戰中刻下無數小小傷痕的右拳。但他似乎連舉起手臂的力氣都沒了，右拳再度落到地上。這鏗鏘一聲響彷彿成了信號，讓狼頭造型的護罩往上下開啟。露出的護目鏡照出了黃昏空間中的滿天晚霞。

「……可是，現在，我不覺得懊惱。」

Cerberus以帶著幾分通透的嗓音說了：

「我把一切都發揮出來了。無論是招式、速度、特殊能力，甚至連『二號』和『三號』的力量都全部動員，打得渾然忘我。雖然只有那短短一瞬間，但我確實忘了我被賦予的任務……打了一場真正的『對戰』。這樣……我就心滿意足了。都值得了……」

Cerberus說到這裡，一滴眼淚從護目鏡上細小的裂痕滲了出來，流過灰色的金屬裝甲。一看到這滴眼淚，春雪立刻踏上一步，微微加強語氣對他訴說：

「……Cerberus，你這是什麼話？明明就那麼一次而已。如果你想打真正的對戰，以後要打幾次都行啊。」

回答他的——是第二滴眼淚。

「Crow兄，我在對戰之前不是說過嗎……說我已經失去他們容許我存在的理由，以後不會再有機會和你說話。這是我已經無力去改變的確定事項。」

「這種事……！」

春雪正要呼喊，Cerberus靜謐的視線阻止了他。視線之中灌注的自豪、矜持與覺悟，封住了春雪要說的話。

「只要我身為超頻連線者的一天，就沒辦法違抗他們……沒辦法違抗加速研究社。因為他們一旦覺得我礙事，就會毫不猶豫地沒收我的BRAIN BURST。可是……就連這樣的我，也有一件事可以自己決定，那就是決定我要如何從加速世界消失。」

當這句話靜靜地迴盪在中庭，Argon與Vise發出的氣有了細微的改變。但Pard小姐與拓武握持心念武器擺好架式，牽制他們的行動。

「在他們的計畫裡，我會在此時此地，只留下虛擬角色而消失……不對，是我會變成不一樣的東西。可是，只有這件事，我說什麼也不要照辦。所以……我瞞著他們，偷偷調整了剩下的超頻點數。現在我剩下的點數，是10點。」

「…………！」

這一瞬間，春雪尖銳地倒抽一口氣，Argon等人也顯得更加緊迫。

剩下10點。比起春雪過去曾經陷入只剩2點的重大危機，還算是稍有一些餘地，但仍然無疑處於瀕臨死亡的狀態。這也就表示，如果春雪在先前的戰鬥中並未停手，而是補上最後一擊，Cerberus就會在那一瞬間喪失所有點數，就此完全消滅。

春雪本能地就要退開一步，但Cerberus灌注了堅定意志的話留住了他。

「我也想過去找附近的公敵打光我的點數，但要應付那個人，只靠公敵是不夠保險的。所以我下了賭注，我相信Crow兄一定會來這個地方救你的朋友。也相信等你跟我打過一場，不管誰輸誰贏，你都會聽我說話。」

Cerberus用左手在地上一撐，搖搖晃晃地撐起了遍體鱗傷的上半身。這頭年輕的狼在龜裂的護目鏡下，露出了自從春雪在五天前認識他以來最為率直的光芒，說道：

「Crow兄，請你帶我飛出東京……去到加速世界中誰也找不到的天涯海角，在那裡讓我損失所有點數。除此之外，沒有別的方法可以救你朋友。」

聽到這幾句話，春雪別說要立刻答應，甚至想不到要問出真正的意圖。正當春雪呆呆站著瞪大眼睛，就有一陣竊笑聲撫過他的聽覺。

「呵，呵呵，啊哈哈哈……」

用雙手抱住自己苗條的身軀，笑得巨大帽子連連搖動的，就是「四眼分析者」Argon Array。

「啊哈哈，這我可被將了一軍。小一你挺行的嘛，竟然做出這種事來。身為培養你長大的

『上輩』，我覺得好欣慰呢。你真的是長大了。」

她收起笑聲，雙手扠腰連連點頭。

「加速研會（我們社團）培養出像小一這麼了不起的ＢＢ玩家，更正，我是說超頻連線者，這種情形是不是就叫作所謂青出於藍而勝於藍？說來是理所當然啦，不過Knight同學聽了這句話大概會生氣吧，啊哈哈……不過嘛，小一你要離巢還早了一點……大概早了一千年左右吧。」

Argon說個不停，Pard小姐毫不鬆懈地守在她與Cerberus連成的直線上，也就是能夠用心念的利爪擋開雷射突襲的位置。但這次和前幾天的亂鬥不一樣，Argon為了處罰Cerberus而攻擊他的可能性很低。因為要是把他所剩不多的體力計量表打光，讓他就此消滅，那就得不償失了。

那麼Argon又將用什麼方式逼Cerberus去完成他的「任務」呢？

分析者以春雪意料不到的話，回答了他的這個疑問。

「小一，對不起喔。看樣子你好像以為只要不『零化』，就能維持自我……可是我們社長大人的『還魂』沒這麼簡單的。真不知道是跟什麼樣的惡魔訂了契約……」

「Array。」

Black Vise忽然短聲叮嚀，打斷了Argon的獨白。分析者聳聳肩膀，換了一種語氣說下去：

「不過就是這麼回事，所以小一，請你忍著點。等回到另一個世界，我會在我們學校的餐廳請你吃飯，你就別放在心上囉。」

「……不管妳怎麼說，我都不打算繼續遵從你們的命令。你們錯了。做這種事情……是萬萬不可以的。」

Cerberus毅然反駁，從地面朝春雪伸出右手。

「Crow兄，請你快點帶我脫身。這樣一來，他們應該就不會再和你的同伴打。因為他們的行動準則……就是不做任何白費工夫的事情。」

春雪凝視著他伸出來的手，陷入剎那間的猶豫。

就如他在戰鬥開始前一再告訴自己，現在他該做的唯一一件事，就是救出仁子，絕對不容許為了其他目的而猶豫是否該改變優先順位。但如果Cerberus說的話是真的，即使在這裡打倒他，問題似乎也得不到解決，何況這樣一來還會害Cerberus掉光點數。

追根究柢來說，Argon和Vise到底是為什麼把Cerberus叫來這個地方？

相信一定是因為必須對仁子進行某種「處理」。也就是說——只要照Cerberus所說，把他帶到遙遠的地方隔離開來，仁子也就能暫時擺脫危機。

春雪以瞬間的思考判斷到這裡，揮開了猶豫，握住Cerberus的手。

Cerberus牢牢握住春雪的手，同時放低聲音說：

「其實……我別來這種地方，獨自跑到遠方消失，或許才是最好的方法。可是我……最後還是想跟Crow兄再打一場。我想跟你盡情打一場對戰……對你道謝。」

「……Cerberus。」

春雪以勉強不至於產生傷害的力道握緊右手，說出了總算下定的決心：

「我就暫時照你的話做。可是，我不會讓你掉光點數。相信一定會有方法，可以同時拯救Rain和你。」

春雪不等他回答，就要對在十幾公尺外背對他們的Pard小姐說話，請她在這裡暫時撐住一會兒——

事情就發生在這個時候。

「怎麼可能會有。」

一個去除了所有開朗的氣氛，像是冬季寒風般冰冷而乾燥的聲音。

「這個世界上根本沒有任何一個可以拯救別人的方法。因為這個世界從一開始，就沒準備任何救贖。有的就只有仇恨、鬥爭、背叛、欺瞞、蹂躪、慟哭、絕望等等等等。加速世界有多麼殘酷，我現在就告訴你們兩個小弟弟……」

Argon Array以暫時收起冰冷的嗓音，軟軟垂下本來扠在腰間的雙手，微微歪了歪護目鏡下的臉說道：

「輪到你出場啦，小三——Cerberus Number Three Activate。」

春雪反射性地以為她是在喊必殺技名稱，立刻繃緊全身，但他猜錯了。改變的現象不是發生在Argon身上，而是抓著春雪手掌的Wolfram Cerberus身上。

裝備在臉上的護目鏡發出擠壓聲，開始由上下兩方關上。這個變化似乎不是出於Cerberus的意思，只見他低聲驚呼，試圖用左手擋住護目鏡的動作。然而這厚重的金屬裝甲彷彿內建了高出力油壓裝置似的，紮實地慢慢收緊。本來露出五公分以上的臉部，也漸漸被狼牙遮住。

「Cerberus……！」

春雪以沙啞的聲音呼喊，伸出左手去抓上方的護目鏡。結果即使隔著裝甲，都感覺得到一股乾冰般的冰冷刺上指尖。不，這不是結冰，是Cerberus裝甲表層滲出了一層非常淡的過剩光。這種紫色的過剩光不太像是光，比較像是某種黏液，而且還不停地蠢動。

「Crow……兄……」

當臉部露出的寬度剩下不到一公分時，Cerberus痛苦地開了口：

「對不，起……我萬萬沒想到會有這種……強制讓『三號』覺醒的手段……」

「Cerberus！不要認輸！你要維持住自我！」

春雪拚命呼喊，同時拚命想把手指伸進只剩五公釐的縫隙。然而邊緣尖銳的重金屬毫不容情地削開春雪的銀色裝甲而漸漸關上。眼看只剩下三公釐、兩公釐……

「Crow兄，你快逃。趁他……出來，以前……」

這句話成了Cerberus，不，應該說是「小一」——CerberusⅠ的最後一句話。

護罩發出鏘一聲大型裁紙機似的金屬聲響，就此完全閉上。春雪的左手被衝擊彈出，但仍然拚命用力握住右手，不肯放開。

「Cerberus！不要放棄，Cerberus！」

狼頭已經咬合得不剩半點空隙，對春雪拚命的呼喊也不再有任何反應。這個矮小的金屬色虛擬角色彷彿成了一尊金屬製雕像，一直坐在大理石地磚上不動。

忽然間又傳來了一陣擠壓聲。聲音不是來自臉上的護罩，而是臉部的斜下方——肩部裝甲。造型與面罩部分十分相似的重裝甲上，有著一道鋸齒狀縫隙橫切而過，這道縫隙正慢慢開啟。春雪在第二次和他對戰的尾聲，也曾目擊過同樣的現象。當Cerberus的臉部護罩關閉，肩部的裝甲開啟，就會引發一種運作邏輯不詳的人格交換現象。

然而……

這次現象的發生源和四天前不同。

在春雪眼前開啟的不是左肩，而是右肩的裝甲。從鋸齒狀縫隙露出的光芒，也不同於左肩——「二號」的紅色，而是暗沉的紫色。顏色和先前對戰中自動防禦Cerberus的鬥氣完全相同。

鏘一聲悶響中，右肩裝甲完全開啟。

緊接著春雪感覺到一股強烈的惡寒從背脊直竄而上。他以本能的反應放開右手，正想跳開，卻還是慢了一步。從Cerberus手上迸出的鉤爪狀鬥氣，深深咬進春雪右手的裝甲，拖出三道傷痕。

明明不應該會有這種情形，但春雪就是覺得對這種受創的感覺有印象。感覺不像是被堅硬的銳器撕開，反而像是被實體化的虛無連著空間一起削下。過去就有一個人以這樣的招式，無數次在Silver Crow的裝甲上留下了傷痕……

就在茫然呆立的春雪眼前，Cerberus彷彿被隱形絲線拉動似的慢慢站了起來。他以仍然形成紫色鉤爪的右手，生硬地蓋住臉部。底下傳來某種奇妙的聲響。一種像是空轉的齒輪，又像水滴滴在鐵板上的──

不對，這是笑聲。是他從喉頭發出嘲笑的哼聲。無論CerberusⅠ還是Ⅱ，都從來不曾這樣笑過，但春雪的記憶卻再度強烈地受到撼動。

──我知道有個人會這樣笑。

──可是，我不想知道，不想想起。

灰色的對戰虛擬角色彷彿在嘲笑春雪的這種心思，微微放下右手，從形狀兇惡的鉤爪後方開了口：

「……我終於，見到你了。好久不見，有田學長。」

6

楓子與謠往右，黑雪公主與晶往左，各自跳開以閃躲ＩＳＳ套件本體發射出來的特大號黑暗氣彈。

如果是由套件使用者使出同種的招式，相信她們應該可以躲得游刃有餘，但漆黑眼球發出的心念光束直徑實在太粗了。儘管勉強沒被光束本體轟個正著，在四周濺開的黑暗水花仍然附著在虛擬角色身上，在裝甲表層穿出了多個小洞。就在冰針攢刺似的感覺湧起的同時，體力計量表微微減少。減少幅度雖小，卻絕對不能忽視。

「嗚……！」

黑雪公主在著地的同時，忍不住咬緊牙關。她們距離套件本體還有二十公尺以上，如果從這樣的距離閃躲，都還會受到這種程度的硬削損傷，就得想定一旦眼球從進距離打出黑暗氣彈，損傷幅度將會擴大到好幾倍。當然如果未能躲開，被光束轟個正著，甚至可能當場斃命。

但話說回來，拉開距離對轟則是更差的選擇。只有Ardor Maiden一人屬於純粹的遠程攻擊型，連擾敵都不足。老老實實跟對方比拚火力，多半會打輸。

子的虛擬角色消失，相信Vise等人也不會想繼續這場對他們來說沒有意義的戰鬥。也就是說，雖然他們八人兵分兩路，兩個戰場卻是相連的。

——春雪，你再撐一下，我一定會完成我的任務。

黑雪公主朝著遠方的戰場堅定地送出思念，同時朝左右的「四大元素(Elements)」輕聲說：

「躲開下一發黑暗氣彈之後，我們就展開攻擊。我和Maiden進行遠程心念攻擊，Current和Raker負責心念防禦……」

但這時她聽見了一個充滿毅然決然意志的年幼嗓音。

「我希望大家把攻擊交給我。」

謠在楓子身旁英氣逼人地站著，黑雪公主只朝她瞥了一眼，說道：

「可是Maiden，再怎麼說也不能只靠妳一個人……」

「我有一招是專門開發來對付那種『大隻、動作又遲鈍的敵人』。一旦發動，不管體力計量表有多長，我都能削減到零。可是，要發動這招，需要花三分鐘……不，兩分鐘就好，這段期間，就要請蓮姊妳們想辦法爭取了。」

謠雖然被稱為「劫火的巫女」，卻絲毫沒有好戰的個性，難得看她說出這麼英勇的台詞。

楓子轉過身來，眨了眨鏡頭眼，似乎意會到了她說的話，點點頭說：

「小梅，妳這招該不會是要用來對付四神……」

但她說到這裡就先停住，轉身向前說下去：

「……我知道了，就交給妳。Current、Lotus，可以吧？」

黑雪公主根本沒回頭看晶的臉，就立刻做出決斷回應：

「那當然。Maiden，就拜託妳了。」

「我們一定會想辦法撐過兩分鐘。」

「那，我要開始了。」

謠高高舉起左手的長弓——強化外裝「火焰呼喚者（Flame Caller）」。弓隨即籠罩在透明的火焰中，形體濃縮成一把扇子。

白色扇子在啪一聲清脆的聲響中張開，同時虛擬角色的臉上也蓋上一層新增的裝甲，只剩一條縫隙露出雙眼，模樣像是——不，應該說徹頭徹尾就是一副清麗的能樂面具。

ＩＳＳ套件似乎對謠變更模式的舉動有了反應，原先有些瞇起的眼瞼猛然睜開。黑雪公主、楓子與晶瞬間彼此配合好呼吸，三人同時跳了出去。

「怪物眼球，我在這邊！」

黑雪公主大聲呼喊，在奔跑的同時醞釀想像，讓右手劍籠罩在紅色的過剩光之中。巨大眼球的瞳孔頻頻顫動，似乎猶豫著該攻擊誰才好，但隨後它的視線捕捉到了往樓層左側衝刺的黑雪公主。

儘管成功地將眼球鎖定的視線從謠身上移開，但若這時停止攻擊，多半就會被看穿只是聲東擊西。即便冒著中彈的危險，也非得將招式用出來不可。

心念是以超頻連線者的精神創傷做為能量來源。也因此，所有心念都和對戰虛擬角色一樣，有著獨一無二的型態與性能。

但相對的，幾乎所有心念都有著一個共通的限制，那就是如果做出與招式無關的舉動，也就是邊講話邊奔跑之類的行動，就會讓發動成功率大幅下降。就連已經是心念系統高手的楓子與黑雪公主也都不例外。

但現在她萬萬不能停下腳步。她必須以心念攻擊，同時閃開隨時都會發射過來的黑暗氣彈。雖然困難，但她非做到不可。

「喝啊啊啊……！」

黑雪公主飛奔之餘，增幅了右手的過剩光。就在同時，套件本體的瞳孔也閃出了黑色的火花。

「──『奪命擊（Vorpal Strike）』！」

就在黑雪公主射出深紅色長槍的同時，眼球也射出了漆黑的光柱。黑雪公主以八成意識將心念長槍延伸十幾公尺，同時以剩下兩成意識繼續飛奔。這是極其困難的多工處理，但Black Lotus擁有浮游移動能力，不必為了奔跑而持續以雙腳蹬地。只要身體往前傾斜，雙腳發力，就可以高速移動。雖然浮游移動並非沒有弱點，那就是移動中很難急轉彎，但現在她只一心往前衝刺——……

「……！」

就在紅與黑兩種心念攻擊相互交錯的瞬間，黑雪公主瞪大了雙眼。

黑暗氣彈一邊呈螺旋狀旋轉一邊往左彎了過來。她心想雷射系攻擊不可能會有導向能力，但隨即注意到這是僵化的刻板印象。這種常識不能套用在心念上。

要是繼續直線飛奔，就會被光束追上。她非得往右迴旋不可，但在發動心念時做出這樣的動作，就極有可能跌倒。就在黑雪公主咬緊牙關之際，黑暗的急流仍然讓高低兩種震動聲響共鳴朝她逼近。

「……Lotus！」

就在聽見喊聲的同時，背部右側受到一陣強烈的衝擊。身體剛被推出黑暗氣彈的軌道，黑暗巨槍就從短短一公尺外通過。相對的，黑雪公主射出的紅色長槍，則插中了套件本體的眼白部分，讓眼球噴出大量鮮血般的黏液。儘管感覺傷敵不深，但看來仍然造成了一定程度的損傷。套件本體連連眨眼，同時劇烈蠕動巨大的身軀。

這時黑雪公主才總算將視線轉向右方。

映入眼簾的，是以疾風推進器噴射衝刺過來推開黑雪公主的楓子、灑在四周的黑暗殘渣，以及她從膝蓋以下都被活生生截斷的兩條苗條的腿。是楓子代她接觸到了黑暗氣彈。

「楓子！」

黑雪公主壓低嗓音呼喊，轉身抱住了楓子。

在無限制中立空間受到部位缺損傷害，而且還是一口氣失去雙腿的半截，相信這麼嚴重的創傷將會帶來可怕的劇痛。即使因而暫時無法行動，或陷入短時間的「零化現象」狀態也並不稀奇。

但楓子堅強地回答：「還早呢！」立刻又召喚出別的強化外裝。她從黑雪公主懷裡穿出，收起疾風推進器，坐上才剛物件化的白銀輪椅，就朝痛苦掙扎的套件本體一指。

「我沒事！趁現在纏上去！」

「……知道了！」

黑雪公主呼喊著回應完，右腳猛力蹬地。她將身體傾斜到極限，展開最高速的浮游衝刺。楓子的輪椅隨即輕巧地來到她右側跟上，楓子右側則可以看見晶也依樣畫葫蘆跟上。

幾乎可以肯定ＩＳＳ套件本體擁有近戰用的心念攻擊「黑暗擊」，問題是在於沒有手腳的巨大眼球將如何使出這一招。如果發招前有一定的準備動作，那麼只要不漏看跡象，就有可能閃開。萬一不需要準備動作，而且還能全方位發動——這種情形就等發生了再說。

三人轉眼間跑過十幾公尺的距離，避開有眼瞼的正面，從兩側進入攻擊態勢。

首先 晶全身籠罩住純粹的藍色過剩光，以對她而言已是最大規模音量的聲音喊出招式名稱：

「『相轉移（Phase Trance）』——『銳（Keen）』！」

覆蓋住這名纖細虛擬角色的水流裝甲瞬間凍結，化為水藍通透的鎧甲。輪廓會變得比招式發動前要細，是因為雙手部分各形成了一把又長又寬的拳劍。晶將兩把有如剃刀般薄而鋒銳的刀刃一交叉，接著就以舞蹈般的動作，對ＩＳＳ套件本體的肉質裝甲施加超高速的連斬。以心念強化過的冰刀輕而易舉就割開了厚實的肉，讓眼球噴出鮮血。但大量的血瞬間又被刀刃散發的寒氣瞬間凍結，化為無數冰晶灑在地上。

以前有個綽號叫作「純水無色（Aquamatic）」——這是由水（Aqua）與無色（Achromatic）兩個單字合成——的Aqua Current，她的特徵就是那身稀有的水流裝甲，能配合場地屬性自由改變型態。在冰雪空間裡可以創造出冰的武器與鎧甲，在火山場地則能操縱高溫的蒸汽進行範圍攻擊。

而只靠自己的意思，就能自由轉換冰⇔水⇔水蒸氣這三態的變化，就是Aqua Current的第二階段心念「相轉移（Phase Trance）」。光是黑雪公主知道的部分就有五種型態，「銳（Keen）」就是其中以冰的輕裝甲與拳劍武裝自己的近戰用變身型態。

這種心念和黑雪公主的特殊能力「超頻驅動（Overdrive）」很類似，但變化的現象更為劇烈，以心念強化過的兩把拳劍能夠發揮出足以讓近戰型角色汗顏的攻擊力。每當這個冰的虛擬角色華麗地舞動，套件本體的左側面就會被藍色的劍光多砍出一道傷痕。

坐在輪椅上的楓子只比晶慢了一步，也展開了攻擊。

她雙手前伸，擺出像是抱著一顆隱形大球的姿勢，喊出招式名稱：

「——『漩渦風路（Swirl Sway）』！」

從她手中產生出來的，是一道發出綠色光芒的小型龍捲風。楓子嚴格禁止自己動用破壞心念，原則上每次動用這招，都只是用來護身，但「以超高速迴旋的心念旋風」這樣的現象，自然不可能是無害的防禦專用招式。

從楓子雙手解放出來的龍捲風，轉眼間就愈來愈大，接觸到套件本體的右側面。旋風內蘊含的無數真空刀刃開始一刀刀剜開厚實的裝甲。大量的肉片與鮮血從龍捲風正中央被往上捲起，飛到天花板附近才逐一變成紅色的特效光而紛紛蒸發。

ＩＳＳ套件直徑達三公尺的本體左右兩側分別受到晶與楓子以威力強大的心念攻擊，龐大的身軀強烈痙攣，深紅色的光芒在幾乎完全閉上的眼瞼下不規則地閃爍。

以平均對戰虛擬角色的體力計量表來計算，若把最先由黑雪公主使出的「奪命擊」算進去，累計的傷害應該足以打掉整整三條計量表。但眼球雖然顯得痛苦，卻絲毫沒有消失的跡象，多半證明了這個敵人徹頭徹尾不能以常理的規格去忖度。直到已經進入直接戰鬥的現在，她們還是完全不明白加速研究社到底是如何打造出這樣的東西，又是怎麼讓Red Rider的影子附身上去。

但現在該做的不是分析，而是破壞。

黑雪公主跟著晶與楓子猛力一跳，在套件本體正上方翻了個筋斗，以頭下腳上的姿勢高聲發出怒吼。

「喝啊啊啊啊啊！」

她以接近白色的藍色過剩光籠罩住雙手劍，接著攤開雙手，同時讓身體以高速進行錐狀旋轉。蒼白的光芒在漆黑的虛擬角色四周形成光環轉動，形成有如在日全蝕時觀測到的太陽日冕狀現象。

「——『光環連旋擊（The Eclipse）』！」

在想像的引導下，雙手劍開始了一陣速度驚人的連斬。

傳授黑雪公主劍術的師父，同時也是上一代黑暗星雲「四大元素（Elements）」之一的Graphite Edge，能在短短兩秒鐘之內就出完這招多達二十七斬的大招。以每秒十三點五斬的速度來考量，顯得遠遠不如Black Lotus的四級必殺技「死亡彈幕」那每秒一百發的火力，但每一劍的威力完全不能相提並論。而且最難的是施展必殺技時會有強力的系統輔助身體動作，心念則只能靠自己的想像來加快連斬速度。

——要快……還要更快！

大的瞳孔。這一發黑暗氣彈……瞄準的多半是楓子。

——這傢伙的心念能量是無限的嗎？

黑雪公主內心驚呼之餘，大喊：

「Raker，快躲……」

但她這句話只說到一半就停住。不對，發出血色光芒的巨大眼球所瞄準的目標，是在楓子後方遠處持續舞動的謠。如果立刻停止跳舞用跑的閃避，也許就有辦法躲開，但這樣一來就會讓好不容易精鍊起來的想像付諸流水。

最先做出覺悟的，是站在眼球正前方短短十公尺外的楓子。她先放開握住輪椅車輪的手，往左右攤開。這不像是防禦姿勢，比較像是姊姊毅然挺身保護妹妹的模樣。然而……

「Raker，不行啊！」

黑雪公主從喉嚨擠出沙啞的聲音，同時繼左腳之後就要拔出右腳。在靜止的輪椅另一頭，可以看見晶也正想讓受創的身體站起。儘管擋得萬分驚險，但她們仍然能夠勉強擋住先前的黑暗擊，是因為威力分散成兩半。但簡單計算下來，這一發黑暗氣彈的威力多半是單一觸手的兩倍，怎麼想都不覺得楓子一個人擋得住。至少也得讓三個人的心念匯集在一起才行。

但就在黑雪公主與晶總算勉強要踏出一步的時間點上——

一陣連空間本身都跟著震動的嗡嗡聲響起，漆黑的巨槍射了出來。

楓子孤身迎擊，以輕快的動作將雙手伸向身前。兩隻嬌小的手掌在翻騰的黑暗最先端輕輕一拍。

Raker的手看似幾乎全無過剩光籠罩，無異於赤手空拳，卻從正面擋下套件本體的超黑暗氣彈，讓黑雪公主茫然看著這樣的光景看得呆了。這股虛無能量理應能將接觸到的所有事物都撕裂、吞沒、化為烏有，卻化為巨大的球體停滯在Raker的雙掌前方沉重地振動。不時還發出黑色的火花，打在地板、天花板，更在Raker的身上、頭髮上濺開。

這種攻擊幾乎可說有著當今加速世界中有可能存在的最大威力，楓子到底是如何擋住的？

黑雪公主驚愕地瞪大雙眼，緊接著才注意到——

楓子不是在防禦，是在中和。她把純粹的正向心念注入以無底的飢渴不斷肆虐的負向心念，試圖覆寫掉虛無屬性的攻擊力。毫不畏懼地接下、融合有著超強大威力的黑暗氣彈——這是心念系統當中的「以柔克剛」。

楓子所產生出來的強大想像，來源多半就是想保護謠的堅定意志。她的雙手看起來毫不設防，是因為過剩光來不及發光，就被漆黑的黑暗吞噬。當心念能量的產生速度趕不上虛無吞噬的那一瞬間，楓子就會連著整個虛擬角色一起被虛無吞噬殆盡而消失。

黑雪公主在不到一秒鐘的時間內理解了眼前的現象，於是抬起頭來，迅速和晶相視點頭。

極為團結的「四大元素(Elements)」之中，楓子與謠之間的情誼更是極為特別。外號「緋色彈頭(Testarossa)」的

Ardor Maiden和「ICBM」Sky Raker組成搭檔，動輒被她丟進敵陣。但能夠採用這樣的戰法，正是因為她們兩人之間有著堅定的愛與信賴。

——可是要說關心同伴的心意，我也是有的。我一度差點忘記……但春雪讓我重新想起了這種重要的心意。

「Raker。」

黑雪公主出聲呼喊。

「我們也來幫妳。」

晶把話說完。

兩人分別從左右兩邊靠近楓子，舉起受創的雙手。

要保護謠、楓子與晶，還有在遠處戰場奮戰的春雪、拓武、千百合、Leopard……以及仁子與日下部綸。她想像著將這種心意匯集在雙手，凝聚成光球的心象。

折斷的雙劍劍尖圍住的空間，產生一陣純白的過剩光，開始像星星一樣閃動。黑雪公主再踏上一步，將光球連著雙手，輕輕碰上頻頻震動的黑色巨大球體。

7

有田學長。

會用這種方式稱呼——應該說曾用這種方式稱呼他的超頻連線者，就只有一個人。

但這是不可能的。從「他」喪失所有點數，失去所有和BRAIN BURST有關的記憶，永遠離開加速世界，至今已有兩個月以上。補上最後一刀的就是春雪自己。春雪親眼看見他的虛擬角色被一刀兩斷，籠罩在最終消滅特效之中，被吸進「月光」空間的夜空之中。

所以寄生在Wolfram Cerberus右肩的第三人格CerberusⅢ，不可能會是「他」。哪怕這種稱呼春雪為有田學長的嗓音、語氣與笑聲再怎麼耳熟，都絕對，絕對不可能……

但這個時候，灰色虛擬角色將右手再放低幾公分，把完全閉上的頭盔朝向左邊，又說了幾句話：

「……哎，黛學長和倉嶋學姊也來啦？這實在讓我不禁想起往事……想起那個晚上的事情呢……」

他用伸出紫色鉤爪的手掩住嘴，哼哼暗笑，笑得肩膀都在抖動。被Ⅲ用本名叫到的兩個人，都只能茫然地看著他。

以神祕指令召喚出Ⅲ的Argon Array，以及繼續困住仁子的Black Vise都保持著沈默。Pard小姐壓低豹身擺好架式，一邊警戒著Argon等人，一邊對CerberusⅢ送出狐疑的視線。

拓武經過壓抑的呼喊，打破了這短暫的沉默。

「……別玩這種噁心的模仿！你模仿的超頻連線者，現在再也不會像你這樣說話，這樣笑。他已經擺脫了加速的詛咒。既然你也是個超頻連線者，怎麼不乾脆拿出自己的本色打個痛快！」

CerberusⅢ聽到這幾句話，才終於將右手從臉上拿開，像是要搧走惡臭似的左右揮了揮。紫色的過剩光在昏暗的中庭裡留下了複雜的殘像。

「唉，要我說幾次你們才懂呢？請不要用這種噁心的稱呼來叫我。而且我也沒有興趣耍這種模仿別人的猴戲。我就是我啊，黛學長——戰鬥前還要報上自己的名號，實在讓我噁心得起雞皮疙瘩，不過畢竟今天是個特別的日子，我就不放在心上了。我的名字是……」

CerberusⅢ以充滿諷刺意味的語氣饒舌地說個不停，讓春雪湧起一陣強烈的衝動，只想摀住耳朵不去聽。因為他覺得一旦聽到對方的名字，過去他一直在腦海中否定的事情就會變成真相。

但說出「他」名字的，卻不是眼前的金屬色虛擬角色，而是之前一直保持沉默的千百合。

「——Dusk Taker。」

CerberusⅢ一聽到她以平靜而清亮的嗓音叫到自己的名字，立刻停住了動作。

他整個人往左轉，正對千百合，以拖泥帶水的動作一鞠躬。接著喉頭含笑，又開始用他那像是滴著毒液的口氣說話：

「哼哼……還能像這樣跟妳說話真令我欣慰啊，倉嶋學姊。那個時候我們兩個人組成搭檔，在新宿和澀谷戰區肆虐，感覺實在好開心呢。只是沒想到竟然學姊只是假裝成聽話的寵物，其實虎視眈眈等著時機成熟就要背叛我。啊哈哈，我完全被妳漂亮的臉蛋跟柔順的態度給騙了……」

「能美你給我住口！」

春雪反射性地踏上一步。

「不准你叫小千的名字！」

拓武也舉好蒼刃劍大喊。CerberusⅢ一副拿他們沒輒的模樣攤開雙手，聳了聳肩膀。

「各位前輩似乎不想承認現實，那我就來讓各位相信吧。不過啊，相信各位心裡其實都已經知道我是真貨了吧？」

沒錯，他們已經不能再否認。雖然他們完全不知道是什麼樣的運作邏輯引發了這種奇怪的現象，但CerberusⅢ，或說「三號」或「小三」，的確就是理應已經喪失所有點數而永久退出的能美征二——「掠奪者」Dusk Taker。

但這種事情真的有可能發生嗎？儘管體感上覺得已經是一天前的事，但在現實時間裡，春雪在短短幾十分鐘前，才剛在梅鄉國中校慶中劍道社的表演「武士之舞」中看到能美拚命舞動的身影。他是什麼時候找回了記憶和BRAIN BURST，追著春雪等人來到無限制中立空間……？不，即使真是如此，他又為什麼不是以原本的暮色虛擬角色，而是以寄生在Wolfram Cerberus身上的型態出現？而且最重要的是，能美現在稱拓武為「阿拓學長」，認真參加劍道社練習，他的這種模樣難道都是裝出來的……？

這陣謎團的陰影眼看就要吞沒春雪，而揮開這團陰影的既不是能美，也不是站在他身後的Black Vise與Argon Array，而是千百合再度發出的冷靜嗓音。

「真貨？Dusk Taker，你這話應該不對吧？」

「……倉嶋學姊，妳這話怎麼說？」

「剛才CerberusⅠ說過，說『二號』本來是一個獨立的超頻連線者，擁有一個跟Cerberus不一樣的名稱。那麼你這個『三號』的機關應該也是一樣的吧？你原本是個叫作Dusk Taker的超頻連線者，但現在不是了。現在的你，是寄生在Wolfram Cerberus虛擬角色上的影子……是複製了

Dusk Taker記憶的幽靈，不就是這麼回事嗎！」

當千百合用右手食指朝他一指，道破這個事實的瞬間，嘲笑的感覺再度從CerberusⅢ身上消失。

他再次以右手遮住臉，以沙啞的聲音說：

「……妳這個人還是一樣很有些小聰明呢。這豈不是害我想起妳背叛了我的那個時候嗎？啊啊……那次我真的很火大……真的是開什麼玩笑……」

春雪絲毫不敢大意，凝視著左手也伸去遮住臉，深深低頭的CerberusⅢ，同時小聲對千百合說：

「……小百，真的可以做出複製記憶這種事情嗎……？要知道能美失去這部分的記憶已經整整兩個月以上了。就算想複製，也沒有來源啊……」

「……話是這麼說沒錯啦，可是也只剩這個可能了吧？」

就在千百合很快回答完的時候……

雙手握持心念劍不放的拓武忽然全身一顫。

「啊……難……難道說……不，對喔，原來是這麼回事啊……」

「阿……阿拓，你在說什麼？什麼叫作原來是這麼回事啦？」

春雪先問完，才注意到自己在敵陣中不小心叫出了同伴的本名，但能美都已經叫了這麼多次「有田學長」或「黛學長」，再去在意這件事也沒有意義。加速研究社做為大本營的學校也已經曝光，相信應該不至於鬧到在現實世界開打。

拓武先朝春雪瞥了一眼，以緊繃的嗓音說：

「……我們以前一直以為，當超頻連線者損失所有點數，和加速世界有關的記憶就會被刪除，對吧？」

「是……是啊。你不也看過實際例子了嗎？」

春雪回答時，腦子裡想到的當然就是剛損失所有點數後的能美征二。在學校裡撞見時，能美很過意不去地回答「對不起，我對網路遊戲已經不太有興趣了。」春雪怎麼想都不覺得能美在那個場面的態度全是演出來的。拓武也點頭表示贊同，但立刻接上了一個逆接接續詞：

「嗯，可是，搞不好……我想到這些記憶也許不是就這麼消失，而是被搶走。記憶被人從超頻連線者腦中抽走，儲存在BRAIN BURST中央伺服器。然後有人……多半就是我們還不認識的加速研究社成員，用某種方法叫出了這些記憶，讓記憶寄生在Cerberus身上……」

啪啪啪啪。

忽然間傳來一陣短短的鼓掌聲。

春雪立刻轉頭一看，發現拍著手的是「分析者」Argon Array。她立刻停下手，露出淺淺的微笑說：

「藍色同學的直覺也相當敏銳嘛。直覺可是很重要的，畢竟到最後可以依靠的，也還是只有膽識、逃命的本事跟直覺啊……然後我的直覺告訴我，時候已經差不多要到了。」

說著她攤開雙手，微微歪頭——

「小三，我也知道你們久沒見面，有很多話要說，可是聊天的時間結束了。小V你也一樣，偶爾也該玩真的好不好？」

聽到這句話，CerberusⅢ仍然低頭不動，但Black Vise則讓相當於肩膀的薄板輕輕地上下動了幾下。

「這可冤枉了，我隨時都是玩真的。不過看來現在的確是這次的最關鍵局面啊，那麼我就努力看看吧。」

看到漆黑的積層虛擬角色籠罩在一種狀似灰色影子的過剩光裡，春雪等四人立刻擺好架式戒備。

CerberusⅢ的真面目就是掠奪者Dusk Taker，這件事所帶來的震撼尚未消退。眼下只有拓武的推測能夠解釋狀況，儘管Argon的口氣也顯得承認他大致說對，但這件事還是令人一時間難以接受。超頻連線者損失所有點數後失去的記憶，其實儲存在加速世界當中——到這一步還勉強可以接受，但和春雪他們立場相同的區區一名超頻連線者，真的有可能取出這儲存起來的記憶，讓記憶寄生在別人身上嗎？這樣的行為豈非早已遠遠超出玩家的領域？

但他們無法否認眼前的現實，而且要達成的目標也並未就此消失。

他們要救出仁子。他們之所以出現在這裡，就是為了這個目的。

唯一剩下需要在意的事情，就是與Dusk Taker，不，是與CerberusⅢ發生戰鬥的情形。超頻點數只剩10點的狀況，應該不會因為人格從Ⅰ換到Ⅲ就改變，也就是說即使能夠獲勝，屆時Wolfram Cerberus這個稀有的超頻連線者也將永遠離開加速世界。

從Cerberus的口氣聽來，這正是他要的。而春雪也已經知道，有時損失所有點數也不失為一種救贖。

…………可是，我…………

春雪將心中錯綜複雜的情緒，和著冰冷的空氣一起吸進丹田。

已經沒有時間讓他煩惱或迷惘了，現在唯一能做的就是盡力而為。

為了仁子與綸、為了CerberusⅠ、為了陪他並肩奮戰至今的拓武、千百合與Pard小姐，也為了多半正在中城大樓奮戰的黑雪公主、楓子、謠與晶。

——梅丹佐，這就是最後一戰了，請妳再借我力量一會兒。

春雪朝著收疊在背上的新翅膀默默送出這句話，緊緊握住了雙手。就在他讓拳頭內籠罩一層淡淡的銀色鬥氣，正要朝靜止不動的CerberusⅢ踏出一步的瞬間……

灰色的過剩光從Black Vise身上翻騰直竄而起。組成他右手與右腳的數十片薄板陸續分離飛上空中。春雪等人立刻擺好架式，準備因應Vise最拿手的拘束類招式。

「……『八面隔絕（Octohedral isolation）』。」

Vise唸出的招式名稱，與之前春雪變成第六代Chrome Disaster時困住他的拘束類攻擊很相似，但這批化為正方形屏障的薄板圍住的，卻是發動招式的Vise、Argon、CerberusⅢ，以及被釘在祭壇上的仁子。

Pard小姐突然在凶猛的咆哮聲中躍起。春雪慢了半拍後，也注意到了Vise的意圖，看出這不是拘束類招式，而是用來防禦的隔離型用法。他們必須立刻破壞這些屏障。春雪和拓武同時猛力蹬地。

就在三人的爪子、拳頭與劍就要接觸到薄板時，薄板卻快了一瞬間——

鏗一聲硬質的聲響響起，極薄的屏障往上下延伸，在中間往內側折疊，形成上下兩個頂點後合上。接著出現的，就是一個邊長將近二十公尺的正八面體。由於尺寸太過巨大，薄板就像毛玻璃似的呈半透明狀態，看似要比以前見識過的「六面壓縮」要來得脆弱。

——看我敲碎它！

春雪將灌注決心的右拳，打在構成八面體的正三角形之一。

一陣悶響響起，手腕、手肘與肩膀關節吸收不了強烈的反作用力而迸出火花，但這看似毫無厚度可言的半透明玻璃板卻絲毫不見損傷。無論是Pard小姐的心念鉤爪，還是拓武的蒼刃劍，結果都沒有兩樣。三人又繼續施加數次攻擊，但都只證明了八面體有著絕對的強度，只好先暫時退開。Pard小姐仍處於野獸模式下，用豹的嘴低聲說：

「……這是絕對的『拒絕』心念。即使用心念攻擊，只用打或抓是破不了的。」

Pard小姐難得說出這麼長的台詞，反而顯示出她心中的焦急。

「這……！」

春雪驚愕地呼喊，而CerberusⅢ彷彿聽見了這聲呼喊──不，應該真的就是聽見了。只見他慢慢抬起頭，儘管說話聲音因為隔著屏障而有些變質，仍然清清楚楚傳進春雪耳中。

「……是真貨還是冒牌貨，這種事根本就不重要。」

他將伸出鉤爪狀鬥氣的雙手，舉到面前頻頻開合。

「我一直在等這一瞬間。等著能從『一號』手中搶到對戰虛擬角色，再度跟你們打的這一瞬間。你們從我身上搶走了很多、很多的東西……不管是點數、尊嚴、還是力量，這些我全都要你們奉還，學長學姊！」

CerberusⅢ，不，是能美猛然攤開雙手，春雪屏住呼吸凝視著他。

難道攻擊可以從八面體內打到外面來？不，不可能有這種事。那麼能美到底打算做什麼？

春雪感覺到能美從嘴巴與眼睛都全部遮住的面罩下嘴角上揚。

灰色的金屬色虛擬角色左腳退開一步，吊人胃口似的慢慢轉身。他從拓武身前，也從千百合身前走過──最後他正對著中庭正中央，存在於正八面體右後方的小小祭壇。

「…………！能美……你！」

這一瞬間，春雪再度撲向八面體。他用雙拳胡亂敲打玻璃板，同時大吼：

「住手！你不就是想跟我們打嗎！我就如你所願，跟你打個痛快，馬上給我出來！」

但能美對春雪再也不看上一眼，他微微轉動身體，將右肩對向祭壇上──嚴格說來是對向立在祭壇上的十字架上──失去意識的仁子。

造型與頭部類似的肩膀裝甲大幅張開，露出了重金屬的牙齒。從內部發出的光，將正八面體內部染成一片淡紫色。

「能美！你給我住手────！」

就在春雪吼得聲嘶力竭，Pard小姐咬上八面體的邊緣，拓武將劍插向八面體之際……

過去曾將春雪打進無底絕望深淵的那個招式名稱，被他高聲喊了出來：

「……『魔王(Demonic)……徵收令(Commandia)』────！」

一種有著黏稠質感的暮色光線，從右肩的嘴應聲噴了出來。光線命中仁子胸部，從裝甲上的縫隙無孔不入地鑽了進去……經過剎那間的寂靜後，往能美的右肩開始回流。

8

只要抱有絲毫恐懼、敵意或拒絕的心意，驚險的均衡就會在這一瞬間崩潰。不止黑雪公主、楓子與晶，連遙多半都會變成這大口徑黑暗氣彈的犧牲品。

黑雪公主連這個預測都從心中趕了出去，只將保護同伴的堅定意志轉化為光的形象，輕輕碰上漆黑的巨大球體。

沒有衝擊，也沒有痛楚。唯一感覺到的就是絕對壓倒性的引力。一種黑洞般的冰冷虛無，貪婪地吸走黑雪公主產生出來的正向心念能量。

……也好，要吞多少你儘管吞。你的飢渴也許是無底的，但我的心意也是無限的。

……以前的我，就是沒辦法無條件相信同伴，不，是沒辦法相信和朋友之間的聯繫。楓子不惜斬斷雙腳也要追求天空，謠渴望站上能樂舞台，晶追求建立一個不用擔心喪失所有點數的世界，我就是沒能真正去體會她們的心情，困在自己的欲望裡，扣下了導致軍團瓦解的扳機。

……其實只要相信就好了，相信為我著想的朋友的心意，相信我想和朋友相互扶持的心意。只要坦露真正的自己，接受對方，一心一意地伸出手去……只要這樣就夠了。

……我本以為自己失去了一切，而這一切再也不會回來。可是，一隻小小的銀鴉飛進了我停滯的庭園裡，告訴我要重來幾次都行，失去的東西也可以找回來。只要踏出一步，喊出這些事物的名字就好。就像那一天，我在環狀七號線的天橋上，喊出楓子的名字時那樣。

……那個時候，我和楓子緊緊相擁而流下的眼淚……謠，還有晶回來時流下的眼淚，還有知道春雪弄得自己遍體鱗傷還是拚命保護我時流下的眼淚，到現在都還在我內心最深處像寶石一樣發光。只要有著這些，從我心中產生的意志——

就會無窮無盡。

黑雪公主的這些念頭，化為一種聚合心象的爆發，實際上存在的時間還不到一瞬間。然而這種爆發確實傳達給楓子與晶，串起、融合三人的心念，創造出了幾十倍的能量。三名虛擬角色以同樣的姿勢伸出手，籠罩在純白的光芒中，中和了巨大的黑暗，讓黑暗慢慢淡去……當她們忽然回過神來，洶湧翻騰的黑暗氣彈球體已經消失得無影無蹤。

黑雪公主和楓子與晶全身虛脫，同時軟倒在地，心中卻想著。

——妳要的兩分鐘，我們撐過了。

一個無聲的聲音在她腦海中回答了這句話。

——之後就請交給我！

緊接著謠的嗓音就朗朗迴盪在中城大樓四十五樓寬廣的樓層之中。

「『瞋恚火中燒』……」

黑雪公主仍然躺在地上，勉強轉頭去看後方的謠。

籠罩在嬌小巫女身上的過剩光，如今已然化為直衝天花板的沖天火柱。照理說這並不是真正的火焰，但一股紮實的熱浪卻一路傳到距離幾十公尺之遠的黑雪公主身上。謠在翻騰的火柱中翩翩舞動的身影，實實在在體現出劫火巫女的名號，美得莊嚴神聖。

她左手的扇子輕輕展開，「歌聲」再度伴隨著強烈的回音迴盪。

「……『化作土中塵』。」

一陣驚天動地的巨響，猛力打在黑雪公主等人的背上。三人連疲勞都忘了，反射性地翻過身去，看見的是一道從下方照亮ＩＳＳ套件本體的紅光。地板上直徑約有十公尺的範圍內，都發出了火紅的光芒。

不對，不是這樣，是開始熔解了。謠花了一百二十秒精練出來的心念，覆寫了構成地板的厚重大理石，把溫度升高到超過融點而化為液體……也就是讓地板化為了熔岩。

這種熔岩發出從夕陽紅到烈日白的漸層光芒，套件本體試圖以黑暗鬥氣裹住肉質裝甲來阻隔高熱，但熔岩連鬥氣都加以蒸發，毫不留情地燒毀厚實的裝甲。沒過多久，漆黑的龐大眼球開始慢慢沉入熔岩池。看樣子這個眼球雖然透過將傳送門吞在體內的方式，讓身體固定在三次元座標的定點，但還是可以挪動個一兩公尺。而座標被固定，也成了讓眼球無法擺脫熔岩的理由。

如果套件本體有嘴，相信現在已經以驚天動地的大音量嘶吼。因為本體的反應，就是劇烈得足以讓人產生這樣的確信。前方的眼瞼以痙攣似的動作連連開閉，兩根觸手亂揮一通，黑色的過剩光還不時凝聚在觸手前端，以不完整的黑暗擊拍打熔岩池，但這只足以奪走龐大熱量中的一小部分，引發不了任何破壞就消失。

「這心念……是針對『四神玄武』創出來的吧……」

楓子朝在另一頭繼續舞動的謠瞥了一眼，輕聲說了這句話。黑雪公主也點點頭，以沙啞的聲音回答：

「錯不了……雖然熔岩池的直徑得要有現在的四倍，但如果能夠把玄武巨大的身體整個吞進去……」

「多半就能直接燒到死。」

晶的嗓音中也蘊含了些許緊張。

她們三人之所以戰慄，不只是因為熔岩池那駭人的威力，更是因為考慮到四大元素中個性最溫和乖巧的謠，竟然練出這麼劇烈的心念這個事實。若以座標分類，這一招豈不是屬於第四象限的能力——「以範圍為對象的破壞心念」？

破壞的心念，是以憤怒、絕望、憎恨、悲嘆等負面情緒做為能量來源。因此在動用這種心念時，被拖向「心靈深淵」的程度也壓倒性地大於從正向情緒產生出來的創造性心念。若從結果來看，黑雪公主的「奪命擊（Vorpal Strike）」等心念攻擊也能帶來大規模的破壞，但想像的核心卻屬於「強化自身劍技」這種創造性的招式。然而謠的這種「火焰之舞」，很明顯是以徹底燒光目標為目的，對自己精神的反作用力，應該也與威力成正比。

「……謠謠……」

楓子沉痛地輕聲呼喊，用力握緊撐在地上的雙手。

相信她其實滿心只想立刻叫謠停止心念攻擊。黑雪公主也有著一樣的意思。然而能否破壞ＩＳＳ套件本體，這重責大任現在全都扛在謠小小的雙肩上。

就在三人屏氣凝神地見證之下，套件本體終於喪失了所有鎧甲與兩根觸手，露出了真面目

——有著硬質光澤的漆黑眼球。厚重的肉被燒毀瓦解，讓眼球的直徑減少到兩公尺半，但異樣的存在感不減反增。巨大的眼球有一半都沉入熔岩池中，身上多處噴出火焰，但從血色瞳孔迸出的敵意並未有絲毫衰減。

「…………！」

眼球的瞳孔忽然間轉往左方，正視樓層南側。黑雪公主也跟著望去，但只看到成排希臘神殿風格的圓柱與大理石牆，看不見任何人的身影。

但套件本體顯然在看某樣東西。說不定是在看牆壁後頭……看著存在於遠方的某種事物，又或者是某個人物。

紅色的瞳孔就像自動對焦的鏡頭一樣，縮小了直徑。

一剎那之後，遭到熔岩燒灼的眼球射出一道紅色光線。

這道光線比黑暗氣彈要細小得多，也沒有發射聲響。往水平方向發出的光線射在完好無損的牆上，但並未破壞牆壁，就這麼穿了出去。這肯定不是用來攻擊的招式。

然而……

黑雪公主卻覺得仍然倒在地上的整個身體，都籠罩在一股猶如冰水般令人毛骨悚然的感覺中。楓子與晶也都繃緊身體，從喉頭發出小小的驚呼聲。

那道紅光，是不好的東西。不止不好，甚至比她們過去曾在加速世界中看過的任何現象都更加凶煞。

那道光線……就是「ＩＳＳ套件本體透過創造出來的所有套件終端機，累積起來的惡意總和」。

9

「嗚啊啊……啊啊啊啊———！」

春雪揮著雙拳之餘，發出幾乎連喉嚨都要扯破的嘶吼。

「魔王徵收令（Demonic Commandia）」是「掠奪者」Dusk Taker唯一的必殺技，卻遠比春雪所知道的所有必殺技都更加令人毛骨悚然。因為這一招的效果，就是半永久性地搶走其他超頻連線者的特殊能力、必殺技或強化外裝。

儘管現在想起實在太遲，但春雪現在才恍然大悟，懂得了在第二次對戰中，CerberusⅡ發動「技能捕食（Wolf Down）」之際所說的那句話是什麼意思。「你放心吧，我和他不一樣，我的能力不是『掠奪』。」——當時CerberusⅡ是這麼說的，而所謂的「他」，指的就是CerberusⅢ，而「掠奪」指的就是「魔王徵收令」。

「住、手、啊———！」

春雪雙拳在頭上交握，卯足全力砸向灰色的半透明屏障。但Black Vise的心念「八面隔絕（Octohedral isolation）」以猶如隔絕了空間本身的絕對強度彈回了春雪的拳頭，反而讓他手上的銀色裝甲微微龜裂。

這時從仁子身上逆流到CerberusⅢ身上的紫色光芒有了一波特別大的脈動。一個發出耀眼光芒的球體從仁子身上被吸出來，被CerberusⅢ右肩的嘴吞了下去。多半就是構成仁子的力量——強化外裝「無敵號」的火力零件之一，終於被搶走了。

春雪驚愕地瞪大眼睛，湧起更大的震驚與戰慄，低聲驚呼。

從仁子身上流出的光芒尚未消失。這種光芒發出黏稠的聲響，貪婪地試圖繼續吸收力量。

「啊……啊啊啊……！」

春雪的驚愕化為令他頭昏眼花的憎恨與激憤，又轉變為絕望，讓他再次嘶吼。說話聲音明明傳得進八面體之中，但陶醉在掠奪快感當中的能美是不用說了，就連默默看著整個現象的Vise與Argon連頭也不動一下。

春雪再度舉起龜裂的拳頭，但就在這時，一個尖銳的嗓音撼動了他全身。

「小春，你冷靜點！」

同時右手手腕被人抓住。回頭一看，看到Lime Bell發出堅毅光芒的鏡頭眼就近在眼前。

「不可以自暴自棄！要好好想……你一定可以想出方法救仁子！」

「可是……可是、可是！」

春雪大聲嚷著，就要用蠻力揮開她的手，就在這時——

他覺得收疊在背上的新翅膀微微震動了一下，就像是在斥責他。

……沒錯。愈是這種時候……愈應該冷靜下來……擴大視野。

……要觀視一切……思考……該做的事。

春雪拚命透過想像，將貫穿全身的發作性激憤濃縮成小小的球體，沉入意識底層。現在需要的不是憤怒。有能量拿去憤怒，還不如儘可能加快、加深思考。

當春雪好不容易找回了冷靜，就輕輕放下被千百合抓著不放的右手，說道：

「……知道了，等我一下就好。」

他動用所有感覺，觀察聳立在眼前的巨大正八面體。

哪怕是由實力深不可測的Black Vise所使出的心念，應該還是沒有綠之王Green Grandee的心念「光年長城(Parsec Wall)」那種絕對壓倒性的強度。這個八面體是由本來組成手腳的薄板所構成的集合體，所以接合處的強度應該會比平面的部分更差吧？如果真是這樣，那麼該攻擊的——

「……不是面，是角！」

聽到春雪的呼喊，立刻有了反應的是Pard小姐。

「交給我。」

她才剛回答完，就張大了嘴跳起，用心念的利牙咬在八面體上的一個頂點。這次牙齒並未被彈開，四根牙齒勉強咬住了四個面。她繃緊野獸身軀上的每一條肌肉，產生莫大的咬合力，咬得整個屏障都受力彎折。

春雪有了破得了屏障的確信，然而……

八面體突然往右迅速轉動了四分之一圈，就在深深陷進地面的下半部鑽得大理石石屑四濺的同時，甩開了Pard小姐以微妙角度勉強固定住的牙齒。

Pard小姐下顎鏗一聲咬合，整個人被甩得飛起，但才剛落地又撲了過去，試圖咬向另一個角。但這次八面體往左旋轉，又讓她沒能咬中。

「阿拓，小百！」

春雪大喊一聲，為了固定住八面體而雙手按住其中一個面。拓武與千百合也跑到另一頭，站穩腳步按住。然而平面上沒有任何東西可以抓，八面體第三次做出旋轉，把他們三人都甩了開去。

「嗚……………」

就在春雪咬緊牙關之際……

第二顆光球從仁子身上被吸了出來，被CerberusⅢ的右肩吞食掉。

再這樣下去，構成「無敵號」的零件——根據春雪的推測，共有主砲、飛彈發射器、加裝機關砲的駕駛艙、背面推進器、腳部等五個零件——全都會被搶走。春雪拚命壓抑不斷高漲的焦躁，繼續思考。

八面體的頂點就是弱點，這點已經無庸置疑。但要攻擊頂點，就非得想辦法阻止八面體旋轉不可。從四個方向同時攻擊四個頂點？不對，就算這樣也無法阻止旋轉。正八面體是以下端的頂點做為旋轉的之點，但這個頂點深深埋進大理石地面，連碰都碰不著。

…………陷進，地面……

「——————！」

春雪眼睛瞪得老大，仰望上空。

六個頂點之中，真正可以說是弱點的，就只有字面意思上的頂點——也就是最頂端的一個點。即使八面體可以水平旋轉，應該也無法垂直轉動，因為下端的頂點已經牢牢固定在地面。但即使想攻擊頂點，靠Pard小姐的牙齒攻擊，還是會被水平旋轉甩開。必須以分毫不差的準度，從正下方往正下方的垂直方向施加壓力。

一想到這裡，幾十分鐘前才聽到的一句話就在春雪腦海中閃過。他猛力轉過身去，跟說這句話的人問清楚。

「……阿拓！你必殺技計量表呢？」

Cyan Pile什麼都沒問，立刻回答：

「還是滿的！」

「好，我把你帶到八面體正上方，麻煩你往正下方用那招！」

只說這句話，拓武似乎就聽懂了春雪的意圖。面罩上成排縫隙下的鏡頭眼一瞬間瞪大，接著立刻點頭答應：

「知道了，包在我身上！」

春雪從後抱起拓武，張開背上的銀翼並猛力振動。他一瞬間就抵達了聳立到上空二十五公尺高度的正八面體正上方，俯瞰這個在中庭裡切下一塊方形區域的心念屏障。

正好就在這時，第三個光球離開仁子身上，被CerberusⅢ的肩膀吞沒。

還剩下兩個。一旦所有強化外裝都被搶走，仁子就會失去被譽為「不動要塞（Immobile Fortress）」的壓倒性火力。

春雪揮開一瞬間的恐懼，進入攻擊態勢。

首先春雪牢牢固定住拓武的位置，同時將身體倒成水平方向。同時拓武將心念劍變回打樁機（Pile Driver），將從砲口露出的鐵樁對準了八面體的頂點。

「上吧，小春！」

「阿拓，給他轟下去！」

春雪為了因應招式的反作用力，將翅膀完全張開，緊接著……

「螺旋（SPIRAL）……重力（GRAVITY）……鎚（DRIVER）——！」

籠罩在藍色光芒中的打樁機砲口唰的一聲擴大，先前收納回去的鐵樁變成巨大的電動鎚鑽，往後噴出火焰發射出去。

這根前端變平的鋼柱猛烈旋轉，精確地捕捉到了正八面體的頂點。

一陣像是壓縮了四周所有空氣似的震天巨響。構成心念屏障的八片半透明玻璃滋滋作響，從衝擊點迸出的大量火花就像瀑布似的從傾斜的平面上流下。

到了這個時候，維持八面體的Black Vise才終於抬頭看了春雪與拓武一眼。他輕輕歪了歪沒有臉的頭，巨大的八面體彷彿就被這個動作觸發，開始往反時針方向旋轉。由於旋轉方向與Cyan Pile的電鑽相反，從衝擊點產生的火花與巨響也都當場加倍，強烈的振動甚至傳到了抱住拓武的春雪身上。

只要電動鎚鑽的射出角度從垂直方向偏離一度，相信都會無法捕捉到高速旋轉的八面體頂點而滑開，讓他和春雪一起摔落到地上。

但Cyan Pile的3級必殺技「螺旋重力鎚」有著只能往正下方發射的限制。換個角度來看，也就表示不用自己辛辛苦苦調整角度，也能夠將發射角度固定在垂直方向。

「唔……哦哦哦哦——！」

拓武大聲吼叫，全身迸射出藍色的過剩光。心念的光芒從右手灌進電動鎚鑽，將灰色的鋼鐵變成超高硬度的剛玉。噴出的大量火花漩渦和藍色的鬥氣交雜，將中庭照得光彩奪目。

一聲從未聽過的異樣彎折聲撼動了大氣。正八面體似乎承受不了壓力，轉速慢慢降低，最後終於停住。相較之下，化為藍寶石的電動鎚鑽則以遠超越當初將春雪從屋頂一口氣打到一樓時的出力，持續壓迫八面體——

第二次的彎折聲，伴隨著尖銳的材質哀嚎聲。細微的裂痕就像閃電，從正八面體頂點竄過往下延伸的四個邊。但龜裂只進行到下一個頂點就停住，並未造成整個八面體的瓦解。

「就只差……那麼……一點了……！」

聽到拓武難受的聲音，春雪下定決心大喊：

「我也來幫忙！」

春雪抱住拓武的雙手加上了更多力道，讓兩個虛擬角色合而為一。除了Silver Crow本來的銀翼之外，更伸展出他剛被授與的全新白色翅膀——「梅丹佐之翼」。春雪往四片翅膀呈X字形張開的翅膀卯足意志力，大喊：

「給我……碎掉啊————！」

一股像是巨大火箭噴射的白光垂直上衝，產生出莫大的推力，透過春雪與拓武的身體，再透過電動鎚鑽，灌注到八面體上，壓得八個面大幅彎折。

一度停止的龜裂沿著側面的頂點往下延伸，頂點處更往左右裂開，和其他頂點竄出的裂痕相連。

就在每一邊都竄過裂痕的瞬間，一聲格外高亢的破壞聲響貫穿了整個空間。

霧黑色的屏障化為無數碎片，在夕陽中閃閃發光地碎裂四散。

同時CerberusⅢ搶走了第四個光球。春雪與拓武仍然牢牢抱在一起，挺著繼續發出轟然巨響轉動的電鑽，順勢衝向正下方的能美。

「「唔喔喔喔喔喔喔喔喔——！」」

灌注了兩人份力量與意志的螺旋重力鎚，將行進軌道上紛紛飄舞的屏障碎片化為微小的粒子一路往下挺進，眼看就要鑽上CerberusⅢ的面罩——

卻在最後關頭被左前方的Argon Array發射的四道雷射阻礙。其中兩道由春雪勉強用「光學傳導」特殊能力擋開，但剩下兩道則擦過拓武的側腹部與左肩，讓他失去平衡。電動鎚鑽因而失去準頭，旋轉的打擊面因而重重撞在能美左側五十公分的位置，將大理石地磚撞得粉碎。

就在春雪以翅膀煞車，以便使拓武不受損傷著地的瞬間，他覺得聽到了好友說話的聲音。

——小春！我不要緊，趁現在去救紅之王！

——了解！

就在剎那間的對話結束的同時，春雪放開雙手，轉身面向釘住仁子的祭壇全力飛翔。左側的Argon四個鏡頭再度發出紫色的光，但Pard小姐在灑落的碎片下，整個人撲了上去，導致雷射射偏，徒勞無功地穿進後方的校舍。

「仁子——！」

春雪呼喊她的名字，張開雙手牢牢抱住被釘在漆黑十字架上的深紅色虛擬角色。同時他以雙手試圖破壞十字架，但Vise似乎想避免在失去右手之後跟著又失去左手，只見十字架變回多片薄板沉入地面。

如果窮追下去，也許能夠破壞其中幾片薄板，但現在有更優先的事要做。

「喔喔喔！」

春雪大喝一聲，以籠罩心念銀光的右手劃過，斬斷了連接CerberusⅢ與仁子之間的紫色連線。就在這一瞬間，正要從仁子身上被抽出的第五個光球當場靜止不動，慢慢地回到虛擬角色身上。

——仁子！

春雪的第二次呼喊並未出聲，而是在多種情緒洶湧翻騰的心中，呼喊這位重要的朋友。嬌小圓潤的對戰虛擬角色，確實存在於他的懷裡。從她在中城大樓被Black Vise綁走到現在，所花的時間約為四十分鐘。看似短暫，但春雪卻覺得已經過了好幾天。

而且被搶走的事物也極為重大。

CerberusⅢ——能美以「魔王徵收令」從仁子身上搶走的強化外裝多達四個。雖然不知道是哪四個零件，但簡單換算下來，已經高達「無敵號」的八成。從過去的案例來思考，相信一旦Vise和Argon判斷情勢不利，立刻就會試圖帶著Cerberus逃走。無論如何他都得在這之前搶回四件強化外裝。

……仁子，妳等著。我馬上就把妳寶貴的……

就在春雪想到這裡時，他臉部下方距離只有幾公分的小小面罩微微一動，變黑的鏡頭眼也開始發出淡淡的綠光。

會是她擺脫了Vise的十字架，因而恢復意識了嗎？春雪想到這裡，就要朝懷裡的虛擬角色輕聲呼喊，然而……

他連「仁子」的「仁」字都尚未喊出，就發生了一個出乎意料之外的現象。

Scarlet Rain嬌小的虛擬角色身上強烈放射出小恆星似的火紅過剩光。這股蘊含這強烈熱量的衝擊波，震開了春雪抱住仁子的雙手，讓他呈大字形往地面墜落。儘管勉強避免一屁股坐倒在地的窘態，卻變成了要蹲不蹲的尷尬姿勢，抬頭看著飄浮在祭壇上空的虛擬角色。

仁子在熱氣形成的上升氣流中緩緩下降，一對鏡頭眼依序捕捉到離她不遠處的春雪、將打椿機對準能美的拓武、在稍遠處以聖歌搖鈴擺好應戰架式的千百合，以及與Argon對峙的Pard小姐。春雪覺得她的眼神在瞬間稍微變得溫和，但也只維持到她轉而瞪視敵方的三人為止。

圓滾滾的鏡頭眼從原本的綠色，轉變為令人想起超高溫火焰的泛青色。全身溢出的火焰鬥氣變得更旺，加熱黃昏空間裡冰冷的空氣，引發了搖晃的蜃景現象。

她乘著強烈的熱氣，以充滿破力的低音說出第一句話：

「你們這些傢伙……還真是為所欲為……」

這時仁子緩慢的降落正好結束，降落在小小的方形祭壇上，雙手抱在胸前說道：

「我告訴你們，這筆帳可不是加倍奉還就能了事。我要十倍……不對，加上我的朋友也受你們照顧，我要五十倍奉還，把你們烤得連焦炭都不留，給我覺悟吧。」

…………是仁子。

春雪搖搖晃晃地站起，同時感受到胸中一股熱流上衝。

這才是外號「血腥風暴（Bloody Storm）」、「不動要塞（Immobile Fortress）」的Scarlet Rain。哪怕被迫陷入接近零化（Zerofill）的狀態四十分鐘，哪怕強化外裝遭人搶走，第二代紅之王靈魂中的火焰仍未消失。

春雪知道現實世界中的仁子，是個有時會說出喪氣話、讓人看到她流眼淚的十二歲小女生。說不定那才是仁子平常的面貌。然而如果一個人處在絕境之中卻並未屈膝死心，能夠握拳站起，那就是……不對，那才是真正的堅強。

這才是甚至超越在BRAIN BURST系統之上的，真正的心念。

Pard小姐本來正與Argon對峙，這時弓起豹的身體高聲吼叫，跳起一大步，守在仁子腳邊。春雪也走上幾步，在祭壇右側備戰。拓武與千百合也迅速來到左側排好。

面對以Scarlet Rain為中心組成隊形的五人，最先有反應的是Argon Array。她以護目鏡下露出的嘴角露出淺淺的微笑，以兼有開朗與冰冷的嗓音說：

「小不點，妳挺囂張的嘛。被搶走了足足四件強化外裝還這麼有氣勢，真了不起。換做是我，光是這頂帽子被搶走，我馬上就會哭得超傷心了呢。」

「……那我就如妳所願，把妳的帽子連著那煩人的外撇髮型一起扯下來，讓妳哭個夠吧。」

仁子說話的內容與口氣，都讓人感覺不出她對現況有任何困惑。相信一定是在被Vise強迫陷入零化(Zerofill)狀態時，意識仍然並未消失。

仁子的舌鋒毫不退讓，讓分析者笑得雙肩晃動。

「啊哈哈，好可怕喔。可是我好歹也是個女孩子，不想被剝得頭上光禿禿的說。而且好久沒有做這種像是在戰鬥的事情，可真是累壞了我。剩下的就交給年輕人，我可要去隔岸觀火了……所以啦，小三，就拜託你啦。畢竟你也得償所願，拿到了新的玩具。」

聽Argon這麼說，春雪將視線移到CerberusⅢ身上。

這個灰色的金屬色虛擬角色，從被拓武與春雪打斷「魔王徵收令」之後，已經保持沉默將近兩分鐘之久。他雙手軟軟垂下，頭也深深低下不動，就好像是一具關掉了電源的機器人。

——不，也許真的是這樣？會不會是一口氣搶走了多達四件大型強化外裝的反作用力，引發容量超載的現象，因而不能動彈……？

以前能美就曾在搶走春雪的飛行能力後，又想連拓武的打樁機也搶走，結果卻搶不到。春雪回想當時的情形，想到了這個可能。

但緊接著就聽到垂下的面罩下流露出毒辣的竊笑聲，否定了春雪這帶有幾分期待的推測。

「哼……哼，哼，哼哼哼哼……雖然在最後關頭有人來礙事，實在讓我很火大……不過這可了不起……只能說真不愧是『王』的力量啊……以前我從一些無名小卒身上搶來的那種的刀啦、觸手啦，寒酸的翅膀啦，跟這比起來簡直是垃圾。畢竟我只搶走四件，就把三人份的容量都榨乾了啊……」

能美說出這番彷彿看穿了春雪心思的台詞後，慢慢抬起頭來。他臉部的護目鏡仍然完全咬合，但春雪卻看到了一種幻覺，覺得裡頭有一對鏡頭眼發出深紫色的光芒。

能美慢慢仰起上身，朝上舉起伸出鉤爪的雙手，突然加大音量大喊：

「這就是掠奪的快感！別人拚命努力才得到的力量，花了長年心血才培養出來的力量，一瞬間就變成我的……哼，哼哼，我會用這種力量，搶走更多更多的東西……哼哼哼哼，哼哈哈哈……哈哈哈哈，啊哈哈哈哈哈哈！」

能美的大笑聲，與兩個月前與春雪等人展開激戰的那個真的Dusk Taker如出一轍。不，如今甚至可以說，這個在他們眼前笑個不停的金屬色虛擬角色才是真貨。因為從現實世紀的能美征二身上被切除下來的「惡」，被一個至今仍未現身，有著更巨大惡意的人召喚出來，這才是Cerberus Ⅲ的本質。

他們萬萬不能容許這種事。非得將能美的記憶——不，應該說是他的亡靈——重新埋葬到

BRAIN BURST中央伺服器內不可……如果可以，更必須加以完全消滅。

而現在這一瞬間，也許就有可能辦到。

哪怕人格改變，系統上所蓄積的點數應該也不會有所不同。CerberusⅠ在即將切換到Ⅲ之前就說過，說他的點數只剩下10點。也就是說，一旦被同樣5級的春雪打倒，就會剛好有10點點數從Wolfram Cerberus身上轉移出去，導致他喪失所有點數，就此完全消滅。

以這個情形而言，CerberusⅠ的記憶應該會進行正常的刪除（或是移動）處理，但Ⅱ與Ⅲ的記憶會如何處理就不知道了。也許會再度被收回伺服器內，也說不定這次真的會完全消失。

但即便能夠消除能美的記憶，屆時CerberusⅠ也會跟著消失。

儘管沒有確切證據，但他多半是根據奠基於「心傷殼理論」而訂立的「人造金屬色計畫」所創造出來的悲慘超頻連線者。他在Argon的命令下，為了賺取點數而被迫維持在1級持續對戰，卻並未失去一顆坦率、認真與熱愛對戰的心，不但是個罕見的天才，同時也是春雪重要的朋友。

即使是出於當事人自願，春雪還是不想讓他喪失所有點數。春雪希望能將他從所有恩怨糾葛中解放出來，跟他再打一場又一場的對戰。

春雪心中兩股相反的情緒天人交戰，仁子則對搶走她強化外裝的對手拋出尖銳的話語：

「……原來如此，你這小子果然和傳聞中一樣個性扭曲。像你這樣的傢伙根本沒辦法把

『無敵號』駕馭自如，因為強化外裝也是有心的。」

「哈，哈哈哈哈！」

能美再度短短地笑了幾聲，大動作攤開雙手。

「這的確像是喜歡自稱什麼超頻連線者的傢伙會說的話啊！那我就證明給你們看吧……我會證明所謂的心這種東西，不管在加速世界，還是現實世界，都沒有任何力量！除了對我的忠心以外！」

他左手迅速閃動，操作系統選單。春雪屏氣凝神之餘，想起能美的確很討厭喊語音指令。尖銳的食指迅速地連續敲下四個別人看不見的按鈕。

一陣轟然巨響響起，撼動中庭的地面。

CerberusⅢ的四周出現了好幾個半透明的巨大立方體。這些立方體迅速增加細節與質感，讓覆蓋在紫色裝甲板內的武裝物件群化為實體。

首先由細長的駕駛艙從後方籠罩住CerberusⅢ的身體，左右方再接上與粗大雷射砲化為一體的雙手，背後再接上有著四個大型噴嘴的推進器，下方也伸出一雙雄健的腳接了上去。

春雪等人並非默不吭聲地旁觀這合體場面。仁子與春雪有著遠程攻擊用的心念攻擊，剛看到強化外裝開始物件化，立刻就分別讓雙手籠罩深紅色與銀色的過剩光，但Argon與Vise在能美後方做出同樣的動作，讓他們沒有機會出手。

就在陷入膠著狀態的雙方陣營之間，四件強化外裝發出一陣格外強烈的閃光與巨響，和Cerberus Ⅲ合體完畢。

物件的形狀與色彩，都和仁子本來的「無敵號」相去甚遠。由於少了一個零件——能美沒能搶到的多半是飛彈發射器——份量感是比不上原版，但形狀比較接近人體而非要塞，變得比較細長，所以高度直逼四周的校舍。

就如他身上那介於遠程與近戰中間的深紫色裝甲所示，裝備在雙手外側的雷射砲雖然規模變小，卻多了由四根尖銳鉤爪構成的手掌部分。雙腳腳尖也各伸出兩根長爪，肩上與膝上也都配備了巨大的尖刺，給人的整體印象已經不只是巨人，反而更接近惡魔。

Cerberus Ⅲ幾乎完全被厚實的駕駛艙罩住，高高舉起強化外裝的雙手，以增幅過的金屬質感失真嗓音嘶吼：

「怎麼樣……這才叫作力量！這才叫作支配！這才是唯一絕對不可動搖的力量！哈哈哈哈……哈哈哈哈哈哈哈哈哈！」

這幾句話與先前真正的能美大呼痛快時所說的話一字不差。這個事實讓春雪深深意識到，眼前的「能美」只不過是從抽出的複製記憶模擬出來的存在。

所以更非得除掉他不可。

這既是為了已經在現實世界重新走出一條路的能美征二，也是為了被塑造出來當成媒介，還不懂得對戰的喜悅就被迫對戰到今天的CerberusⅠ。最重要的是，這也是為了在別人的意志下，被人當幽靈叫出來利用的CerberusⅢ自己——

「……小百。」

春雪用只勉強聽得見的音量對這位兒時玩伴說：

「這次也要靠妳了。時機到了我會跟妳說，在這之前就請妳專心保護自己。阿拓，小百就麻煩你護衛了。」

春雪確定綠色尖帽與藍色頭盔都微微一動，接著對紅之團（日珥）的兩個人也說了一聲：

「仁子，Pard小姐，我們得和『無敵號』打，沒關係吧？」

「沒差，儘管放手去打。」

「K。」

她們立刻做出非常靠得住的回答，讓春雪覺得自己反而蒙她們推了一把，跟著點了點頭。

就在這個時候，紫色惡魔往前踏出了撼動大地的一步。他讓雙手鉤爪緩緩開閉，發出舔著嘴唇似的聲音說：

「『勇者和手下』的作戰會議開完了沒呀？請你們千萬別讓我失望……至少也要讓我玩個五分鐘啊！」

春雪承受著巨大的壓力擺好姿勢備戰，同時也不忘留意惡魔的後方。

「合體CerberusⅢ」多半會是駭人的強敵，但也不能忘了Argon Array與Black Vise的存在。Argon的戰鬥力幾乎完全無損，Vise儘管因為「八面隔絕(Octohedral isolation)」被破壞而失去右手右腳，但並未露出承受劇痛的跡象，若無其事地站著不動。一旦春雪等人露出任何破綻，相信他一定會毫不遲疑地用剩下的左手左腳攻擊。

——無論什麼時候，都要冷靜地觀視整個戰場。

春雪這麼告誡自己，能美則舉起左手的雷射砲，像是在對他挑釁。這直徑怕不有十五公分的漆黑砲口發出紫水晶色的光芒，充電的嗡嗡聲更是愈來愈大。

這時上背部的白色翅膀——「梅丹佐之翼」微微震動，像是在警告春雪。

……我知道，我才不會挨到那麼明顯的攻擊……

春雪本來打算在雷射即將發射之際起飛，貼到能美巨大的身軀上賞他一波連續攻擊，於是在胸中反射性地這麼回話。

但梅丹佐的警告，並不是針對合體CerberusⅢ的遠程攻擊。

「……？」

緊靠在他左邊的仁子全身一顫。

「怎麼了！」

連Argon Array都把注意力從戰場上移開，仰望北方的天空。春雪也順著她的視線瞥了過去，登時看得目瞪口呆。

由從橙色到深藍色構成的晚霞天空背景下，一條紅線無聲無息地延伸過來。以遠程攻擊來說未免太慢，幾乎感覺不到任何物理上的威力。即使是瞄準春雪等人，相信要閃避或擋開應該都是輕而易舉。更何況以現在的軌道而言，這道紅光多半會直接從學校上空通過。

然而──

春雪突然籠罩在一種像是被潑了一身冰水似的恐懼之中，整個虛擬身體連手指都完全僵硬，虛擬的呼吸也因而停止。同時卻又有一股只想馬上拔腿就跑的衝動，讓動彈不得的身體劇烈顫抖。

無論仁子、Pard小姐、拓武還是千百合，也都呆站在原地盯著天空看。如果能美發射雷射，相信所有人都會被轟個正著。然而已經進入主砲發射態勢的能美似乎也感覺到了異樣，仰起強化外裝巨大的身軀，從駕駛艙部位的縫隙仰望天空。

正好就在這時，來到中庭正上方的紅線以無視任何物理定律的動向彎往正下方。春雪聽到了小小的聲響。從像是風聲的咻咻聲，到像是許多人哀嚎的噪音。

「那是，什麼玩意兒──」

就在能美訝異發問的下一瞬間……

紅光扭動著命中了駕駛艙。但並未發生類似爆炸的現象，光就像軟泥似的附著在裝甲表面，從縫隙鑽進內部。

「嗚……嗚哇啊！住手……！我可沒聽說會有這種事啊……Vise！Argon！趕快阻止這東西啊——！」

能美發出哀嚎似的嘶吼。強化外裝的雙手亂揮一通，雙腳踏得中庭地磚殘破不堪。雖然被裝甲遮住而看不見，但駕駛艙內側肯定發生了某種駭人的現象。一種筆墨難以形容的可怕現象。

Argon迅速拉開與胡亂掙扎的合體CerberusⅢ之間的距離，難得露出驚愕的模樣驚呼：

「不會吧……再怎麼說也未免太快了吧！難道說……那些傢伙幹掉了那個……這多半連社長都沒想到吧…………」

春雪一時間聽不懂她這番話的意思，但看來這個情形連加速研究社都並未料到。

「哇啊啊啊啊啊——這些傢伙……鑽到我體內……住手！不要啊啊啊啊——！」

紫色惡魔高聲哀嚎，猛力撞上南側的校舍，接著又像失控似的舉起雙手，開始用蠻力毆打校舍三樓部分。由於整棟建築物都有著玩家住宅屬性，連一面玻璃窗都並未破損，但強烈的衝擊撼動了地面，搖動春雪等人的身體。

這個刺激讓春雪好不容易擺脫呆滯的狀態，但仍無法判斷該如何行動。

這時喊話的是站在他左邊的仁子。

「雖然不知道發生了什麼事……不過我們日珥的作風就是這種時候先轟一波再說！Crow，我們動手！」

「了……了了了解！」

春雪握緊拳頭來揮開恐懼與震驚，讓雙手籠罩在銀色過剩光中。

仁子也一樣把拳頭籠罩在一層紅色的鬥氣中，擺好拳擊架式。

「──『雷射標槍(Laser Javelin)』！」

春雪右手射出白銀的標槍。

「──『輻射連拳(Radiant Burst)』！」

仁子右手連續發射出將近十發火焰拳。

兩人的心念攻擊命中了猛力掙扎的合體CerberusⅢ左肩靠胸口部位，引發了大規模的爆炸。

龐大的身軀一歪，關節部分遭到破壞的左手慢慢分離，噴出瀑布般的火花滑落到地面。

紫色惡魔踉蹌了幾步才站穩，接著停下了動作。這陣毆打堅不可摧的牆壁所造成的噪音平息後，能美先前被掩蓋住的低呼聲就像詛咒似的迴盪在中庭。

「……你們……騙了我……說什麼會給我新的力量，讓我報仇……話說得好聽……你們從一開始，就打算，這麼做………」

對此Argon Array做出的回答，多半已經表達出對她而言最大的歉意，但還是帶點輕浮。

「對不起喔，小三。其實呢，本來我們還可以讓你多玩一陣子。可是啊，你也知道，我們一直只靠最低限度的人數在撐，計畫有時候就是會跟不上變化嘛。」

「少……廢話。快點……解開這個，救我出去……不然，連你們我也……」

說著能美舉起巨大的右手，以雷射砲瞄準Argon與Vise。但兩名8級玩家不為所動，不約而同地聳聳肩膀，這次換Vise回答：

「這可傷腦筋了。Taker同學，在這種狀況下要救你，再怎麼說都太難了啊。」

聽到這句耳熟能詳的台詞，能美的嗓音中蘊含了更深的怒氣。

「你又要……又要放棄我嗎？Vise……竟然兩次……放棄我……」

「Taker同學，你放心吧，我想應該不會弄成有二就有三。」

Black Vise說完風涼話，將只由並排薄板構成的頭部轉朝向春雪等人：

「最後我就對黑之團以及紅之團的各位給個忠告。建議各位最好別想搶回強化外裝，立刻脫身。雖說融合來得太早，但那玩意兒已經不是你們應付得了的東西了。」

「你這傢伙，想跑嗎！」

仁子尖銳地指出這一點，失去一隻手一隻腳的積層虛擬角色若無其事地點點頭說：

「那當然，畢竟我和Argon也都很愛惜自己的性命。雖然作戰目標的達成率頂多只有四成，不過我們就別太貪心了。」

「就是這麼回事。如果你們也能順利跑掉，到時候我們再來玩玩囉。小貓咪，跟妳聊天很開心。」

Argon輕輕揮動右手的同時，構成Vise身體的薄板低溜溜轉動，轉眼間就融合成兩片大型的板子。春雪驚覺地朝他們兩人腳下一看，發現他們的腳剛好碰到西南方校舍的影子。

「嗚……！」

春雪咬緊牙關，但當下的最重要事項並不是追擊Vise他們，而是要搶回仁子的強化外裝，所有人一起與待在中城大樓的黑雪公主等人會合。要達成這個目的，就非得破壞紫色惡魔，把CerberusⅢ從駕駛艙拖出來不可。

就在兩片薄板包夾住Argon的瞬間，能美發出了充滿怒氣的吼聲：

「Vi……se——————！」

他從右手的雷射砲，射出毒豔的紫色雷射。

但這時漆黑薄板已經融合成一片，垂直沒入地面的影子之中。緊接著雷射命中，竄起一道沖天的火柱。無數大理石地磚剝落飛起，但其中看不見Vise與Argon的身影，相信他們早已潛入校舍內部的影子之中遁走了。

「該死！該死！該死啊啊啊啊啊啊啊啊！」

能美在駕駛艙內散播龜裂的怒氣。

「我不承認！我不准這樣的事情發生！來人啊，是誰都好，來這裡……把我……把我……啊，啊啊……啊啊啊……住手，不要，我不想失去……這是我的力量……是我的……」

充滿詛咒的呼聲漸漸減弱，但紫色裝甲表層滲出稀薄影子似的鬥氣卻與呼聲成反比，變得愈來愈濃。

「……Crow，再來一次！」

在仁子尖銳的呼喝聲促使下，春雪半自動地舉起了右手。他揮開胸中湧起的恐懼，專心凝聚心念。

再度發射出去的「雷射標槍」與「輻射連拳」，在呆呆站著不動的合體CerberusⅢ背面打個正著——本來應該是這樣，然而……

在裝甲表層竄來竄去的影子鬥氣彷彿有著自己的意志，匯集起來形成厚實的裝甲，擋下了兩種心念攻擊。

「什麼……」

「沒……沒損血……？」

不只是仁子與春雪，連拓武等人也不約而同發出同樣的驚呼。但駕駛艙內的能美似乎連受到攻擊這件事都並未注意到，繼續低聲呼喊：

「我……不要……我……在慢慢，消失……什麼都，看不見……聽，不見……啊啊啊……消失……消，失……」

忽然間。

他的聲調變了。恐懼、憤怒等所有情緒都完全脫落，多了一種數位噪音般的聲質。

「消失……消失……消失、失、失、迪、迪迪迪、迪迪、迪嚕、迪嚕迪嚕迪嚕迪嚕、迪嚕迪嚕迪嚕迪——」

異樣的哀嚎突然完全中斷。

巨大的紫色身軀仍然停在不自然的姿勢。連黃昏空間中理應會始終吹個不停的微風都停了，春雪就在失去了所有聲響的中庭裡，困在一種他從未在加速世界感受過的戰慄之中，一聲不吭地呆呆站著不動。仁子、Pard小姐、拓武、千百合也都一樣，什麼話都不說，彷彿只要說出一句話，就會揭開更可怕的事物。

打破這陣寂靜的，是一道黏稠的水聲。仔細一看，黑濁的鬥氣就像血液似的，從巨人左肩的傷口滴落。這種鬥氣牽出長長的絲線流到地上，累積到一定程度後，就化為黏泥開始爬行。

這些黏泥的目標，是落在一小段距離外的左手。

也許應該攻擊黑色黏泥才對，但春雪就是動彈不得。黏泥轉眼間就爬到左手，從被破壞的關節部分鑽了進去。

尖銳的四根鉤爪忽然顫動。黏泥連接起本體與左手，原本拉得細長的黏泥開始收縮，把手臂拉回肩膀。春雪茫然仰望這幅光景，看著巨大的鋼鐵手臂被吊上空中，發出黏稠的聲響，和位於地上六公尺高度的左肩接合在一起。

在無限制空間中遭到破壞的強化外裝，除非透過擁有者離線再登入，否則都不會重生。合體CerberusⅢ輕易地顛覆了這個常識，讓左手重生後，慢慢讓巨大的身軀重新站穩，往左轉過九十度，從正面和春雪等人對峙。

中央是駕駛艙，側面有著雙手，下方有著雙腳，背面有著推進器，這樣的組成讓巨人沒有頭部，但春雪確切地感受到了。感受到有充滿無底飢餓的視線從高處射在他們五個人身上。

「嚕……迪嚕嚕嚕…………」

這是一種像野獸又像機械的異樣吼聲。在巨神全身竄來竄去的陰影鬥氣急速增加密度，發出金屬質感的擠壓聲，讓裝甲開始變形。直線造型開始扭曲、彎折，形成有機質的曲面。四肢的鉤爪也變得巨大，到處都露出了鰓一般的成排縫隙。

春雪注意到不知不覺間，中庭正上方本來滿天晚霞的天空已經聚集了厚重的烏雲。每當雲層深處閃出蒼白的閃電，隨即就響起低沉的雷鳴。在光漸漸遠去的世界之中，巨人仍然持續變化成真正的惡魔。

雙肩與雙膝的尖刺伸長到將近兩倍，駕駛艙的縫隙被鱗片般的金屬板完全堵住，雙手的雷射砲變成環形動物似的模樣，背面的推進器則變成巨大的突起。

最後，駕駛艙的上方冒出了一個半球形的「頭」。

半球形的前半部就像眼瞼似的睜開，從中出現的，是有著血色虹膜的巨大眼球。這次惡魔以真正的視線射穿春雪等人，高高舉起有著鐮刀般鉤爪的雙手，以驚天動地的音量發出咆哮。

「迪嚕嚕……嚕嚕囉嚕囉喔喔喔喔——！」

烏雲接連竄出紫色的雷光，打在惡魔的四周。

這個屹立在中庭的形體，既不是「無敵號」，也不是「合體Cerberus Ⅲ」。

儘管大小不一樣，但春雪曾經目擊過極為相似的形體。一次是在過去的影片記錄畫面中，一次則是在禁城所作的夢中。

另外Silver Crow自己也成變成這種模樣……

春雪腦中浮現出三天前他與黑雪公主及冰見晶談話中說過的一個字眼。他以結冰般的戰慄與恐懼，為不由自主說出的這個名稱賦予了色彩。

「……災禍之鎧……MkⅡ……………」

（待續）

後記

（強烈建議先看完本集內容。）

加速便當⑭ 礫
我告訴你們，這筆帳可不是加倍奉還就能了事！
我要十倍……不對，我要五十倍奉還！
※摘自第15集。
ニヤニヤ
不…不是啦！我不是在模仿那部連續劇！
你們狠狠折磨了我的團員，這份大恩我可不能不報！
我當然要加倍奉還！
※摘自第4集。
ニヤニヤ
第4集說的追溯期早就過了好不好！

第16集也要敬請各位讀者繼續支持與愛護！

二〇一三年八月某日　川原　礫

Kadokawa Light Novels

線上遊戲的老婆不可能是女生？ 1 待續

Kadokawa Fantastic Novels

作者：聴猫芝居　插畫：Hisasi

真是太令人遺憾了!!
我求婚的美少女居然是人妖!?

有著曾向網路人妖告白的黑暗歷史的少年英騎，有一天又被線上遊戲中的女角告白。原以為黑暗歷史將再次重演，但線上遊戲中的「老婆」亞子＝玉置亞子卻是如假包換的美少女，而且，竟然還分不清現實與遊戲……？

台灣角川

NT$190/HK$58

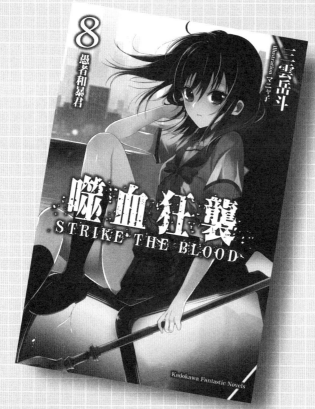

國家圖書館出版品預行編目資料

加速世界. 15, 結束與開始 / 川原礫作 ; 邱鍾仁
譯. -- 初版. -- 臺北市 : 臺灣角川, 2014.05
面 ;　公分
譯自 : アクセル・ワールド 15, 終わりと始まり

ISBN 978-986-325-937-4(平裝)

861.57　　103006089

Kadokawa
Fantastic
Novels

加速世界 15
結束與開始

(原著名:アクセル・ワールド15 —終わりと始まり—)

2014年5月20日 初版第1刷發行
2021年1月11日 初版第5刷發行

作者:川原 礫
插畫:HIMA
日版設計:BEE-PEE
譯者:邱鍾仁

發行人:岩崎剛人
總編輯:蔡佩芬
主編:朱哲成
美術設計:吳佳昫
印務:李明修(主任)、張加恩(主任)、張凱棋

發行所:台灣角川股份有限公司
地址:105台北市光復北路11巷44號5樓
電話:(02)2747-2433
傳真:(02)2747-2558
網址:http://www.kadokawa.com.tw
劃撥帳戶:台灣角川股份有限公司
劃撥帳號:19487412
法律顧問:有澤法律事務所
製版:尚騰印刷事業有限公司
ISBN:978-986-325-937-4